Christian Heinrich Spiess

Hans Heiling

Vierter und letzter Regent der Erd-, Luf-t, Feuer- und Wassergeister ein

Volksmärchen des zehnten Jahrhunderts

Christian Heinrich Spiess

Hans Heiling
*Vierter und letzter Regent der Erd-, Luf-t, Feuer- und Wassergeister ein
Volksmärchen des zehnten Jahrhunderts*

ISBN/EAN: 9783744634533

Hergestellt in Europa, USA, Kanada, Australien, Japan

Cover: Foto ©Andreas Hilbeck / pixelio.de

Weitere Bücher finden Sie auf **www.hansebooks.com**

Nachricht.

Herr Angermann, ein junger, viel leistender, aber noch weit mehr versprechender Mahler und Künstler, hat die Güte gehabt, die in diesem Büchlein geschilderte, so berüchtigte und wilde Zaubergegend ganz der Natur getreu zu zeichnen. Ich theile den Anblick derselben meinen Lesern mit wahrem Vergnügen mit, weil sie meine Erwartung vollkommen befriedigt, und mir nichts mehr zu wünschen übrig läßt.

Herr Angermann zeichnete sie bloß aus Freundschaft, ohne andre Absicht: ich achte es daher für Pflicht, alle, die dieß Büchlein lesen, auf die Talente dieses Künstlers aufmerksam zu machen, der schon vorm Jahre in der Curzeit zu K a r l s b a d die herrlichsten Portraite der Natur, und ihrer Menschen lieferte; sie künftiges Jahr wieder zu liefern verspricht.

Einleitung,

welche bie Stelle einer Vorrede vertreten
soll.

Als noch die schwarzen Fittige des Aberglau-
bens unser Deutsches Vaterland deckten, nirgends das reine Licht der Philosophie leuchtete,
Denkungskraft nur hier und da keimte, aber nie
grünte, nie Früchte trug, war der Glaube an
Geister und Gespenster allgemein. Die heilige,
ehrwürdige Religion sah sich zur Beförderung
dieses Glaubens herabgewürdigt; man verkündigte in ihren Tempeln fast weniger die Leh-
re ihres göttlichen Stifters, als die Wunder
und Thaten der Heiligen, welche diese gegen
den Teufel und seinen Anhang zum Schutze und
Frommen des rechtgläubigen Häufleins verübt
hatten. Da der Redner, um seine Wunder zu
versinnlichen, den Heiligen stets mit einen leuchtenden Scheine schilderte, und diesem, wenn er
gegen den brüllenden Löwen der Hölle kämpfte,

oft gar ein feuriges Schwert in die Hand gab, so war's wohl sehr natürlich, daß unsre unerfahrne und daher sehr leichtgläubige Vorältern mitten unter den Geistern zu wohnen glaubten, sie überall wirken und handeln sahen, bey jeder Gelegenheit ihren Einfluß erkannten, ihn verehrten und fürchteten.

Der Aberglaube gleicht dem Unkraute, das ohne Pflegung und Wartung seinen Samen immer weiter ausstreut, und sich bis ins Unendliche vermehrt. Bald war man mit den Wundern und Geistern, welche durch die Diener der Religion verkündigt wurden, nicht mehr zufrieden; man erfand mehrere; man erblickte sie im Schooße der Erde, in der Luft, in der Tiefe der Flüsse, Seen und Meere, und sah sie sogar in den Flammen des alles verzehrenden Feuers umherwandeln. Es gab Schwärmer, welche diese Erfindung mit Gründen unterstützten, über die Natur und Eigenschaft, über das Thun und Lassen dieser Erde- und Luft-, Wasser- und Feuergeister mancherley Abhandlungen schrieben, sie zu Regenten der vier Elemente machten, und zum Nutzen und Schaden der armen Erdbewohner wirken ließen. *) Tadle nicht, lieber Leser,

---

*) Wer Lust und Belieben hat, dieß alles näher zu beherzigen, der lese: Theophrasti Paracelsi liber

deine leichtgläubigen Vorältern, wenn sie dieß alles fest glaubten! unbekannt mit den kunstreichen und wundervollen Wirkungen der großen Natur, erblickten sie in jeder derselben ein neues Wunder, und achteten es hoch, wenn man sie mit den Urhebern dieser anscheinenden Wunder bekannt machte.

Dieser feste Glaube war der Stammvater all der hundert und tausend Volksmährchen, welche sich durch mündliche Erzählung bis auf uns fortpflanzten, und immer Stoff zum Nachdenken gewähren, weil sie oft beynahe alle Mahl eine wahre Begebenheit zur Entstehungsursache haben, die, weil sie wunderbar schien, mit noch mehr Wundern ausgeschmückt wurde. Ich habe mehrere derselben geprüft, und die Ursache ihrer Entstehung vollkommen entdeckt; ich will dir, theurer Leser, eines der merkwür-

---

de Nymphis, Sylvis, Pygmaeis et Salamandris, des Johann Großschedels hermetisches Kleeblatt, Rabbi Abrahami Cohen Irira Domum Dei und Adumbrationem Kabbalae Christianae, Selfriebs Medulla mirabilium Naturae, Böhms, Teutonicum Philosophum; den Zoroaster in oraculis, den Hermes Trismegistus, in Poëmandro et Asclepio, und viele andere dergleichen Raritäten mehr.

bigsten erzählen. Ich hoffe, dich damit zu un-
terhalten, ohne befürchten zu dürfen, daß ich
dadurch Verkündiger und Beförderer des Aber-
glaubens werde.

Besorgniß dieser Art ist wohl höchst unnö-
thig und überflüßig, ob sie gleich sehr oft ge-
äußert wird; hätte sie Grund, so würde es ja
noch weit gefährlicher, und äußerst schädlich
seyn, wenn man die jetztlebenden Menschen mit
den verschiedenen Religiouen unsrer Vorältern
bekannt machte. — Wie leicht könnte einer ihrer
Irrthümer durch einen schwachen Scheingrund
zu ähnlichem Glauben verleiten? Und doch wird
der Knabe schon in der Schule mit den Grund-
sätzen der heidnischen und andrer Religionen bekannt gemacht, ohne daß die mögliche Gefahr
eintritt, und er, weil er die Götter der Heiden
kennen lernt, auch an diese glaubt.

Wer könnte nun hier Gefahr ahnen, wo
nicht Glaube gegen Glauben kämpft? wo durch
die reine Vernunft das Gegentheil mit mathe-
matischen Gründen bewiesen wird? Aber es
scheint jetzt zur Mode zu werden, Gefahr zu
wittern, wo keine entstehen kann, und im Ge-
gentheile dort keine zu ahnen, wo sie wirklich
verborgen liegt. Bald wird man's für Spott
und Beleidigung der täglich-leuchtenden Sonne
achten, wenn der Feuerwerker zur Nachtzeit

eine Rakette oder eine Leuchtkugel steigen läßt,
und dadurch die Spaziergänger zur Aufmerksamkeit reizt. ——

Doch ich eile, zu erzählen, was ich zu erzählen versprach. Vertheidige du mich, lieber
Leser, wenn du, zufrieden mit mir, mein Büchlein aus der Hand legst, und andre mich des
Titels wegen lieblos beurtheilen.

Ein Spaziergang.

Schon oft hörte ich in freundschaftlichen Ge-
sprächen die berühmte Zwergenhöhle nennen, welche nach Aussage aller Erzähler in dem
äußerst rauhen, aber auch eben so romantischen
Thal liegt, durch welches sich der bekannte böhmische Fluß die Eger von Ellbogen aus bis
beynahe aus Karlsbad in mancherley Krümmun-
gen durchwindet. Die Beschreibung, welche jeder, der diese wüste und öde Gegend besucht
hatte, von dieser Höhle und den sie umgeben-
den Felsen machte, reizte von jeher meine Neugierde; da mich aber alle einstimmig versicherten, daß man solche nur im Winter, wenn die

Eger mit Eis bedeckt sey, besuchen, im Som-
mer sich ihr wegen Enge des Thals, welches
der Fluß stets fülle, nicht nahen könne, so mußte ich der Begierde, sie zu besuchen, entsagen,
weil einige Jahre hinburch der Winter sehr ge-
linde war, und der in dieser Gegend sehr schnell
laufende Fluß sich nie mit tragbarem Eise überzog.

Indeß sammelte ich die verschiednen Volks-
sagen, welche von dieser Höhle und der ungeheuren Felsenmasse von den Bewohnern der be-
nachbarten Dörfer und Städte allgemein erzählt werden; sie waren eben nicht reichhaltig,
nie zusammenhängend, nie übereinstimmend, und
endeten immer mit der Versicherung, daß diese Felsen einst von kleinen Bergzwergen bewohnt
wurden, die dort im Stillen ihr Wesen trieben,
keinem etwas Leides zufügten, ihren Nachbarn
oft in Noth und Trübsal thätig beystanden, von
einem gewaltigen Geisterbanner oder Hexenmei-
ster eine geraume Zeit beherrscht, und endlich aus
ihren Wohnungen verjagt und verbannt wurden.
Einige versicherten mich, daß man noch heutigen
Tages die armen, in Stein verwandelten Zwerge
in verschiedenen Gestalten auf den Spitzen der Felsen stehen sähe; andere fügten hinzu, daß die guten Zwerge eben eine Hochzeit feyern wollten,
aus dieser Absicht nach ihrem Tempel zogen, und
auf dem Wege dahin durch die Macht des er-

ührten Zauberers in Steine verwandelt, oder vielmehr, da sie unvertilgbare Geister waren, in diese gebannt wurden.

Die Erzähler dieses Mährchens nannten daher die Reihe dieser Felsen die verwünschte (gebannte) Zwerghochzeit. Andre belegten diese Felsen mit dem Nahmen: Hans Heilinger Felsen, weil ihrer Versicherung nach ein Mann dieses Nahmens auf der Höhe derselben gewohnt, und die Zwergleins regiert habe.

Einer meiner Freunde war so gefällig, das Archiv der Stadt Ellbogen zu durchspähen, und überreichte mir bald hernach folgende dem Ansehen nach sehr alte Beschreibung dieser merkwürdigen Gegend: „An diesem Flusse,‟ sagt der Geschichtschreiber, indem er den Lauf der Eger auf dem Ellbogner Gebiethe verfolgt, „liegen zwischen dem Hofe Wildenau und dem Schlosse Aicha ungeheure, große Felsen, welche man von Alters her den HeilingsFelsen benamset. Am Fuße derselben erblickt man eine Höhle, welche gleich einem großen Gewölbe gestaltet ist, aber eine sehr kleine Oeffnung hat, in die man nur tief gebückt hinein kriechen kann. Diese Höhle wurde nach der Versicherung unsrer ehrsamen und lieben Vorältern von kleinen Zwerglein bewohnt, die nachher ein unbekann-

ter Mann, Hans Heiling benamst, als
ein Fürst regieret und beherrscht hat. Folgende
wahre und durch Zeugen bewährte Geschichte
wird dieß bestätigen."

„Im Jahre der glorreichen Geburt Jesu
Christi 1305, am Vorabende der Aposteln Pe-
tri und Pauli, verirrte sich ein Weib, aus dem
Dorfe Taschwiz gebürtig, welche im Forste
Beeren suchte, in diese Gegend; sie traf nahe
bey diesem Felsen ein schönes Gebäude, und
trat ein, weil die Nacht schon vorhanden war.
Als sie die Thüre eines Gemachs öffnete, saß
ein alter Mann an einem Tische, welcher, ihrer Beschreibung gemäß, emsig und eifrig schrieb.
Sie bath um Herberge, und ward willig angenommen. Da nun der alte Mann im Gemache
gegenwärtig war, keine lebendige Person sich
diesem nahte, und es im übrigen Gebäude doch
sehr lebhaft rumorte, so ward ihr schauer-
lich und graulich; sie fragte ängstlich: bey
wem sie sich eigentlich befinde, und erhielt von
dem wunderbaren Alten zur Antwort, daß er
sich Hans Heiling nenne, und bald von hier
abreisen werde, weil zwey Drittheil seiner
Zwerglein schon fort und entflohen wären."

„Wie diese sonderbare Antwort das arme
Weib noch mehr beunruhigte, und sie weiter
forschen wollte, geboth ihr der Alte Still-

schweigen, und versicherte sie nebenbey, daß er ihr keine Herberge vergönnt hätte, wenn sie nicht eben in dieser merkwürdigen Stunde erschienen wäre."

„Die furchtsame Frau kroch nun demüthiglich in einen Winkel, ward bald hernach durch einen sanften Schlaf von aller Furcht befreyt, und nahm die ganze Begebenheit für einen Traum, wie sie am Morgen mitten unter den Felsenstücken erwachte, und nirgends die Spur eines Gebäudes erblickte."

„Froh und zufrieden, daß ihr in einer so gefahrvollen Gegend kein Leid widerfahren sey, eilte sie nach ihrem Dorfe, und erstaunte, als sie dieß ganz verändert traf. Alle Häuser desselben waren neu und auf andre Art gebaut; sie kannte keinen der Bewohner, welche sie ebenfalls nicht kannten. Nur mit Mühe konnte sie die Hütte finden, in welcher sie einst wohnte. Auch diese war besser und schöner gebaut; nun die nähmliche Eiche, welche ihr Großvater gepflanzt hatte, beschattete sie noch. Wie sie aber in die Stube eintreten wollte, ward sie von den unbekannten Bewohnern derselben als eine Fremde zurückgewiesen, und lief nun weinend und über die seltne Verblendung wehklagend im Dorfe umher."

„Ihre lauten Klagen erregten die Aufmerksamkeit der Dorfbewohner; man belächelte ihre
Erzählung, und führte sie als eine Wahnsinnige
zu der Obrigkeit; dort ward sie gerichtlich un-
tersucht, verhört, und siehe da: man fand bey
genauer Untersuchung und Prüfung der Gedenk-
und Kirchenbücher, daß gerade vor hundert
Jahren an eben diesem Tage eine Frau dieses
Nahmens, welche nach dem Forste ging, um
Beeren zu pflücken, nicht mehr zurück kehrte,
und, aller emsigen Nachspähe ungeachtet, auch
nicht mehr zu finden war.“

„Es war nunmehr klar und deutlich erwiesen, daß diese Frau in dieser Zaubergegend
volle hundert Jahre geschlafen habe. Da sie
in dieser langen Zeit nicht älter geworden war,
und noch viele Jahre lebte, so ward sie zum
Lohne der geduldeten Zauberey anständig auf
Kosten der Gemeinde verpflegt, und genoß nun
ein ruhiges und sorgloses Alter.“

„Obgleich,“ fügt hier der Verfasser der
Kronik sehr offenherzig hinzu, „manche sich
weise dünkende Klügler die Wahrheit dieser
höchst merkwürdigen Geschichte bezweifelten,
und die unbekannte Alte eine listige Betrüge-
rinn nannten, so muß ich doch zur Steuer der
reinen Wahrheit anführen, daß mein seliger
Großvater, dem Gott eine fröhliche Urstätte

verleihen wolle, selbst noch Personen kannte und
sprach, welche bey dieser merkwürdigen Begebenheit zugegen waren. Daraus," fährt er
fort, „erhellt denn deutlich, daß man sehr un-
klug handle, wenn man jedes Wunder läugnen,
und, wie ein berüchtigter Freydenker und heil-
loser Freygeist, dem Teufel und seinem Nach-
folger alle Gewalt über das fehler- und sün-
denvolle Menschengeschlecht absprechen wolle;
denn es hat sich leider auch zu meiner Zeit ver-
offenbart, daß es in dieser grauenvollen Gegend
noch immer spuckhaft umherwandle."

„Unfern der Höhle," erzählt der Verfasser nun weiter, „erblickt man viele hohe und
spitzige Felsen, welche eben so vielen Pyrami-
den gleichen: nahe dabey steht ein großer brei-
ter, gleichsam in ein Viereck gehauner Felsen,
auf welchem vor langen Zeiten ein Schloß stand;
am Fuße dieses Felsens sieht man abermahls
eine Oeffnung, welche vor Zeiten mit einer sehr
merkwürdigen steinernen Thüre verschlossen war.
Am Tage des heiligen Johannis des Täufers,
in der Zeit, wo man die Vigilia desselben
singt, kamen, indem sie den jungen Vögeln
nachstellten, zwey Hirtenknaben in diese Gegend, und erblickten diese Thüre offen. Jugend-
liche, so natürliche Neugierde leitete sie durch
diese in das Innere der Höhle. Zwey große

Truhen (Kästen oder Koffer) standen in der Ecke derselben. Eine davon war geöffnet, die zweyte verschlossen. In der erstern erblickten sie einen großen Haufen Geld, griffen hastig darnach, und füllten damit ihre Brotsäcklein. Drauf kams ihnen graulich: sie eilten nach der Thüre; der erstere ging glücklich durch diese; als aber der zweyte folgte, knarrten die Angel derselben fürchterlich; er machte einen jähen und großen Sprung nach der Schwelle, und die sich schnell schließende Thüre riß ihm noch den hölzernen Absatz seines linken Schuhes ab. Doch kam er gleich dem erstern glücklich davon, und überbrachte das Geld seinen erfreuten Aeltern."

Der Kronikschreiber versichert, daß er selbst vor etlichen Jahren noch ein Stück dieses Geldes, welches ein Urenkel dieser Knaben im Dorfe Taschwitz zum Andenken aufbewahrte, in seinen Händen gehabt, solches genau betrachtet, und deutlich gesehen, daß das Gepräge desselben einen alten Mann mit einem langen Barte vorgestellt habe. Er hofft, daß man nach dieser Versicherung, die er auf Ehre und Gewissen bestätigt, diese merkwürdige Geschichte nicht bezweifeln werde, und fügt noch hinzu, daß dieß Geld höchst wahrscheinlich einst von den Bergzwerglein sey geprägt, und mit dem

dem Bildnisse ihres Regenten, des Hans
Heiling, geziert worden.

Nachdem er noch weitläuftig erzählt, daß
einer der Felsen einen Predigerstuhl, ein anderer einen Kapuziner sehr ähnlich vorstelle, und
die ganze Felsengruppe, wenn sie zur Winters-
zeit mit Schnee bedeckt sey, einer Stadt mit
hohen Thürmen gleiche; folgt er dem abwärts
strömenden Flusse, und beschreibt seine ferneru
Ufer.

Das war alles, was ich von den Sagen
und Volksmährchen dieser Gegend erfuhr; nirgends fand ich aber in der wahren und echten
Geschichte dieser Stadt und Gegend eine Begebenheit, welche der Ursprung dieser Sagen
seyn konnte: nur ward mirs in der Folge sehr
wahrscheinlich, daß der verwünschte oder ver-
bannte Burggraf, den man, in einen Klumpen
klingenden Metalls verwandelt, noch heutigen
Tages auf dem Rathhause zu Ellbogen be-
schauen kann, mit dieser Geschichte in Verbin-
dung stehen müsse, und daß der kleine Zwerg
Strakakal, welcher von manchem alten
Mütterchen noch dann und wann an den Fen-
stern der alten, zerstörten Burg stehend gesehen wird, und manch Mahl sogar den Kühen
der Gegend sogenannte Wichtelzöpfe flicht, einer
der entflohenen Zwerge seyn möge, welche einst

Erster Theil. B

in dieser Felsengegend ihr Wesen treiben
sollten.

Erst zu Anfang des Sommers des 1797sten
Jahrs ward mir die angenehme Gewißheit, daß
man diese berüchtige, aber äußerst romantische
Gegend sehr gut, und in der Nähe auch in
dieser Jahrszeit besuchen und betrachten könne,
wenn man einige Umwege, den steinigten, oft
sehr unebnen Weg nicht achte, dann und wann
an steilen Ufern zu klettern verstehe, und durch
einen zwey Stunden langen Gang nicht zu sehr
ermüdet werde. Da der Erzähler dieser angenehmen Nachricht sich zugleich erboth, unser Führer zu werden, so nahmen alle An-
wesende diesen Antrag mit Dank an, sogar
die gegenwärtigen Frauenzimmer versprachen
mitzugehen, und um ihrer willen ward beschlossen, zu dieser Karavane einen nicht all-
zuheißen, vorzüglich wolkichten Tag zu wählen,
damit die zu große Hitze die schönen Wallfahr-
terinnen nicht zu sehr ermatte. Dieser Tag erschien bald, und wir zogen voll Muth und Ent-
schlossenheit, keine Beschwerden zu achten, über
die Brücke, welche an das jenseitige Ufer der
Eger führt, an welchem wir nun bis in die Gegend hinabwandeln wollten, um die auf der
andern Seite liegenden Felsen freyer und bes-

ser betrachten zu können. Uns folgte ein in
der Gegend bekannter Förster, und seine Jungen trugen Trank und Brot zur Labung der
Matten.

J. Schnell durcheilten wir die uns schon be-
kannten Gegenden. Sie sind sehr schön, und
höchst fähig, den unbekannten Wanderer zu fesseln; aber sie hemmten dieß Mahl unsre Schritte nicht; wir gingen, ihres Anblicks gewohnt,
gleichgültig vorüber.

Als wir eben das Ende unsrer gewöhnlichen Spaziergänge erreichten, und nun durch
neue Gegenstände für unsre Mühe belohnt zu
werden hofften, überzeugte uns die Erfahrung,
daß es nicht räthlich und wohlgethan sey, wenn
man bey wolkichtem Himmel über Land wan-
dert. Eine finstere Wolke deckte mit ein Mahl
das enge Thal, es begann stark zu regnen, und
wir mußten Obdach suchen. Wir fanden es in
einem zum Glücke offnen Schuppen, in welchem
in dieser bergreichen Gegend gewöhnlich das ge-
sammelte Heu so lange aufbewahrt wird, bis
man es, da kein Wagen dahin gelangen kann,
zur gelegnern Zeit auf dem Rücken nach der Stadt
tragen kann. Es stürmte und tobte wacker, und
unser Muth sank; wie aber der Himmel hei-
trer wurde, der Regen endete, und aus dem
gekrümmten Thale hohe und groteske Felsen uns-

rer Neugierde winkten, da siegte diese, und
wir schritten entschlossen weiter.

Der Weg ward nun bald enger, der Re-
gen hatte ihn überdieß schlüpfrig und daher auch
gefährlicher gemacht: keiner konnte mehr neben
dem andern gehen; jeder mußte sein eigner
Beystand und Führer werden, und es würde dem
unbefangnen Beobachter wirklich sehr gefährlich
geschienen haben, wenn er uns in einer gekrümmten Reihe an dem hohen und steilen Ufer eines
rauschenden Flusses hätte hangen sehen: aber
wir achteten oder fühlten vielmehr keine Gefahr; der große, außerordentliche Eindruck,
welchen dieses aller Beschreibung unfähige, so
äußerst wilde, und doch so äußerst schöne, Herz
und Sinn beschäftigende Thal auf uns machte,
verdrängte sie ganz. Oft hielt sich ein und der
andere an dem Aste eines Strauches im Gleich-
gewichte, um mit der andern Hand nach diesem oder jenem herrlichen Gegenstande deuten,
und seine Gefährten darauf aufmerksam machen
zu können; oft rufte er halb schwebend, und
nur auf einem Fuße stehend den gegen über liegenden Bergen und Felsen einige Worte zu,
welche viele geschäftige Echo's zur Freude aller übrigen Wanderer laut und oft wiederhohlten. Selbst die Frauenzimmer klagten nicht,
verschmähten sogar die Hülfe des kühner klet-

ternden Mannes, und blickten muthvoll über die schäumenden Fluthen des Flusses nach dem Amphitheater der Felsen und Wälder.

Nun dürfen wir nicht mehr klettern und steigen; nun werden wir eben und sicher bis zum Ziele wandern, sprach endlich unser Führer, als wir uns auf einer kleinen Sandbank, welche der Fluß geformt hatte, neben ihm sammelten. Wir konnten von hier aus einen großen Theil des Thals überblicken; wir thatens mit Begierde, und antworteten nicht, weil wir vor Erstaunen nicht antworten konnten. Die Sprache des Menschen ist reich an Ausbrücken; aber sie wird zur dürftigsten Bettlerinn; sie muß anbethend verstummen, wenn sie die besondern Schönheiten der Natur, die rohen, noch unvollendeten Werkstücke der großen Allmacht schildern soll. Wir sahen, aber was wir sahen, war des Ausbrucks und der Mittheilung unfähig; unser Mund schwieg, nur unser Auge kehrte gleichsam geschreckt von den ungeheuren Gegenständen flüchtig zurück, und ermunterte die Uebrigen durch einen bedeutenden Wink zur neuen Wanderung. Mein Gefühl gleich so ganz dem so unnennbaren Gefühle, das ich einst in den Thälern der Schweiz genoß, oft zu beschreiben versuchte, und nie zu beschreiben vermochte. Zu unsern Füßen rauschte die wilde

Eger; unfern Rücken deckten dicke, immer höher
steigende Wälder, und uns gegen über lagen
ungeheure hohe Felſen, die immer höher ſtie-
gen, im Steigen immer mehr zurück wichen,
und auf dieſe Art ein Amphitheater bildeten,
bey deſſen Anblicke jeder ſtaunend ausrufen mußte: dein Baumeiſter iſt ein Gott, der alles
kann, der unendlich, allmächtig iſt! Den ſonſt
kahlen Rücken dieſer Felſen deckten unzählige
Bäume in mancherley Form, und in verſchied-
nen Farben; aber doch waren dieſe Felſen ganz
ſichtbar; überall thürmten ſie ſich in grotesken
Figuren über die niedern Bäume hervor: das
Ganze glich — o arme Sprache! o mattes
Bild! einem ungeheuren Teppiche, der am Himmel befeſtigt ſchien, und, im wilden Windſtoße
und Sturme flatternd, bis auf die Erde herab
wallte.

Lange ſtanden wir ſtaunend und fühlend;
nichts ſtörte in dieſer menſchenleeren Gegend un-
ſer Gefühl; endlich warbs lauter im ſtaunenden
Zirkel! O das iſt herrlich! O das iſt mehr als mü-
helohnend! Das iſt unbeſchreiblich ſchön! Dieß
waren die einzelnen Ausdrücke, die dem zuſam-
menhängenden Geſpräche vorher gingen, in
welchem jeder dem andern ſeine Bemerkungen
und Gefühle mittheilte. Alle ſtimmten endlich
darin überein, daß man dieß außerordentliche

Felsenthal nicht beschreiben könne, und sich in eine fürchterliche Zaubergegend versetzt zu seyn dünken müsse, wenn es irgend einem Reichen beyfiele, nur jeden Baum dieses herrlichen Amphitheaters zur Nachtzeit mit einem einzigen Lichte zu beleuchten.

Erst jetzt, als wir dieß Spiel unsrer geschäftigen Phantasie besser geordnet, und das ganze Fest, welches bey dieser Gelegenheit gefeyert werden sollte, ins Reine gebracht hatten, begonnen die Frauenzimmer zu klagen, und die Männer zu bemerken, daß das hohe, nasse Gras, welches wir bisher durchwandern mußten, Schuhe, Strümpfe, Röcke und sogar die Stiefeln durchnäßt hatte; aber diese Bemerkung hinderte die weitere Wanderung nicht; keiner achtete eines möglichen Rheumatismusses, der jetzt, nach der Versicherung aller Aerzte, jeder Erkältung folgen muß: wir genoßen nur die Gegenwart, gedachten nicht der Zukunft, und hatten schon zu viel gesehen, um nicht alles sehen zu wollen.

Ein Blick ins wundervolle Schlangenthal, in welchem sich gleich diesem die Eger im schuppichten Gewande hinab krümmte, lockte uns unaufhaltsam vorwärts. Immer erregten neue Gegenstände unsre Aufmerksamkeit; nur dann und wann, wenn Bäume und Gebüsche jede Aus-

sicht hemmten, belachten wir die Versicherung
unsers gutherzigen Führers, der uns einen eb-
nen Weg versprochen hatte, und uns jetzt doch
beständig über hohe Steine und unebne Felsen-
stücke hinwegführte: aber er war doch nicht mehr
gleich dem erstern gefahrvoll, und einen gebahnten Steg konnten wir in diesem Felsen-Chaos
nicht erwarten. Der dünkte uns oft so unange-
nehm und schön, wenn bald der schäumende Fluß
unsre Sohlen netzte, wir bald im laubenähnli-
chen Gebüsche umher krochen, und uns bald
wieder eine hohe Tannenallee aufnahm. Jeder
freye Platz gewährte eine andere, und immer
eine ungewöhnliche Aussicht.

Reichlich durch diese belohnt, achteten wir
nicht des weiten Weges, den die beständigen Krüm-
mungen um ein großes verlängerten, und kamen
endlich fröhlich und vergnügt in der berüchtigten
Zaubergegend an. Ein einzelner, aber hoher und
dem höchsten Thurme gleichender Fels, den die
Nachbarn rings umher die Schildwache nennen, bezeichnete gleichsam den Eingang. Er
lag uns, wie alle andere, gegen über; wir be-
grüßten ihn laut, und sein angenehmes Echo antwortete anhaltend.

Wild und rauh war vom Anfange bis jetzt
dieß lange Felsenthal; jetzt wards noch rauher
und weit grotesker; bey jedem Schritte; den

wir vorwärts machten, thürmten sich neue und
größere Felsen in die Höhe, die nur sparsam
mit Kiefern und Tannen bewachsen waren, und
eben deßwegen noch fürchterlicher drohten. Die
dunkel grünenden Tannen, das gelb und roth,
weiß und schwarz gefärbte Steinmoos, und die
natürliche fahle Greisenfarbe der Felsen erregte
ein buntes Gemische, welches das begierige Auge oft blendete. Als nun die ganze Felsenreihe
offen vor uns lag, blieben wir stehen, und lagerten uns staunend und fühlend auf Steinen umher. Nichts störte unser Gefühl, nichts hinderte unsere Betrachtung: es war rings um uns
her öde und stille; nicht einmahl der Wind säuselte in den Aesten der Bäume ; nur der Fluß
rauschte monotonisch, und schien absichtlich so
schnell aus dieser wilden Einöde nach angeneh-
mern Gefilden zu eilen. Menschenscheue Schne-
pfen strichen hier und da pfeifend über seine Fluthen, und verkündigten ängstlich ihren brütenden
Weibchen das Daseyn ihrer Mörder; hoch in
der Luft, weit über die Felsen erhaben, schweb-
ten viele Fischreiher schweigend und spähend, und
nur dann und wann erschallte aus den Felsenritzen
ein Seufzer des träumenden Kauzes , oder ein
Ruf des hungrigen Uhu's.

Der Förster ward nun unser Cicero, beleg-
te jeden Felsen mit einem Nahmen, und machte

uns auf die mit seinem Nahmen übereinstimmen-
de Figur aufmerksam; auch unterließ er es nicht,
uns auf eine Oeffnung, welche am Fuße des
größten Felsens zu sehen war, aufmerksam zu
machen. Durch diese, sprach er, gingen einst
die Zwerge aus und ein, und wohnten in den
tiefer liegenden Höhlen, zu welchen man aber
jetzt nicht mehr gelangen kann.

Wie ich aber nach der nähern Geschichte
dieser Zwerge forschte, da schwieg er, und erzählte nur einzelne Bruchstücke, die oft einander widersprachen. Daß aber diese Gegend einst
wirklich von Geistern und Zwergen bewohnt wurde, suchte er dadurch unläugbar zu beweisen, indem er nach einer Reihe von Felsenspitzen deu-
tete, welche hier und da die Figur eines sehr
grotesken Zwerges oder einer sogenannten Ba-
gobe hatten. Diese sind, fügte er hinzu, alle
sammt und sonders durch einen großen Zaube-
rer in Stein verwandelt worden! Auch zeigte er
uns in der Mitte des Felsens, in einer durch die
Natur geformten Nische, das Bild eines Zwerges, der, seiner Versicherung nach, als alle
übrige Zwerge dem Banne des Zauberers entfliehen wollten, zu lange im Gemache verweil-
te, und, indem er aus dem Fenster nach Hülfe umherblickte, in Stein verwandelt wurde.

Mein Auge sieht scharf; meine geschäftige Einbildungskraft fördert oft gerne romantischen Trug; aber sie war dieß Mahl doch nicht vermögend, einen Zwergen zu bilden: und wie ich dieß dem Erzähler offen erklärte, so lächelte er bedeutend, und versicherte mich, daß freylich viele nicht sehen könnten, was manche wieder äußerst deutlich erblickten. Hier kommt, setzte er ernsthaft hinzu, alles auf die Stunde der Geburt an; denn derjenige, welcher, als die Sonne leuchtete, geboren wurde, kann Tage lang hinblicken, und wird doch nichts sehen.

Ich lächelte nun ebenfalls; aber ich widersprach nicht, weil Widerspruch nichts fruchtet, und unser Führer erzählte ungehindert weiter. Seiner Aeußerung nach konnte der für mich unsichtbare Zwerg des Nachts immer noch in menschlicher Gestalt umherwandeln, ward vor hundert Jahren noch oft gesehen, und beschenkte einst einen Bauer, welcher ihn um Mitternacht in einem Kahne über das Wasser führte, mit einem Koffer voll Golds. Ueberhaupt, endete er, ists in dieser Gegend noch heutigen Tages nicht sicher; denn, ob man schon keine Zwerge mehr umher wandeln sieht, so ists doch ausgemacht und gewiß, daß der wilde Jäger in dieser Gegend jagt, und manch Mahl einen schrecklichen Lärm verursacht.

Diese Erzählung gab Stoff zum Gespräche
unter uns; jeder erzählte, indem wir den mit-
genommenen Proviant mit größtem Appetite ver-
zehrten, was er jemahls von diesem so berüchtigten wilden Jäger oder auch sogenannten wüthen-
den Heere erfahren hatte, und alle überzeugten
sich am Ende, daß diese fürchterliche Jagd nur
in denjenigen Gegenden gehört werde, in welchen Uhu's nisten, und man diese allerdings nach
den neuesten Erfahrungen als die Urheber aller
daraus entstandnen Mährchens ansehen müsse,
weil sie, wenn sie gemeinschaftlich ziehen, ein
fürchterliches Geschrey verursachen, welches das
Bellen der Hunde sehr täuschend nachahmt.

Wie diese frugale Mahlzeit geendet war,
zerstreute sich unsre Gesellschaft in mehrere Grup-
pen; jeder suchte und wählte sich einen Lieblings-
platz, der seiner Einbildungskraft am angenehm-
sten dünkte. Mich zog ein Fels an sich, der
wirklich sehr täuschend eine gothische Kapelle
bildete, und auf eben der Seite lag, auf welcher wir wanderten: ich kletterte bis unter seinen Schatten, und träumte mich in die dunkle
Vergangenheit. Von diesem Standpuncte aus
sah ich deutlich, daß hier mit ein Mahl, nachdem es am größten und stärksten gewirkt hat,
das romantische Felsenthal endet, und sich gegen

Karlsbad hin in weitere und angenehmere Gefilde verliert.

Da das Schloß Aicha, welches dem Herrn Ritter von Schönau gehört, nur eine halbe Stunde von diesem wundervollen Felsen entfernt liegt, und man von Karlsbad aus bis nach Aicha sehr bequem fahren und reiten kann, so schien mirs in diesen so angenehmen Stunden unbegreiflich: warum die Bewohner Karlsbads ihre so zahlreichen Gäste auf dieß so schöne Thal nicht aufmerksam machen, und zur Wanderung dahin bewegen? Darf ich meinem Gefühle trauen, und dieses nach allen übrigen messen, so hoffe ich Dank zu ernten, wenn ich Verkündiger dieses äußerst reizenden Spaziergangs werde. Freylich ist der Weg von Aicha aus rauh und uneben; aber wer duldet nicht gerne ein kleines Ungemach, wenn man am Ende so herrlich belohnt wird? Freylich sieht man nur den kleinsten Theil dieses wilden Thals, wenn man von dort aus seine Wanderung beginnt; aber wer einmahl bis hierher bringt, den wird das unwiderstehliche Gefühl, und der äußerst lebhafte Eindruck schon tiefer hinab, bis unter Ellbogens Mauern, leiten, von wo aus er zu Pferde und im Wagen nach Karlsbad rückkehren kann. Denen, welche nicht auf steilen Anhöhen klettern, nicht ohne Schwindel in die Tiefe eines rauschen-

den Flusses hinab blicken können, empfehle ich
den Weg, welchen wir auf unsrer Rückkehr wähl=
ten; er ist sicher, nicht zu steil, und lohnt herr=
lich, wenn man am Ende von der Höhe eines
steilen Berges all die ungeheuern Felsenklüfte,
die romantischen Thäler, die schäumenden Bä=
che, den rauschenden Fluß, und in der Mitte
dieses Wirrwars die alte, trotzende Stadt El=
bogen überblickt, und sich endlich auf einem
Schlangenwege unter ihre halb zerstörten Mauern
hinabsenkt.

   Vergeben seys dem Unfreundlichen, denn er
sorgte für unser Wohl, der uns endlich mit dem
Zurufe aus unsern Träumen weckte, daß die
Stunde der Rückkehr schon verflossen sey, und
wir wacker eilen müßten, wenn wir in der Däm=
merung noch unsre Wohnung erreichen wollten.
Trauernd, so wie man von einem geliebten Freun=
de scheidet, verließen wir das Felsenparadies,
und wanderten rückwärts. Bald wards lebhaf=
ter in der wandernden Reihe, weil einer dem
andern seine Empfindungen mittheilte; und dieß
versüßte nicht wenig den Rückweg, welcher oft
so ermüdend wird, weil man dann dem Gutten
gleicht, der beym Anblicke in Fülle genoßner
Speisen einen Ekel empfindet. Schon gedach=
ten die Frauenzimmer lebhafter als je des steil=
len Weges, welcher unser noch harrte; schon er=

innerten sich die Männer, daß auf diesem gefähr-
lichen Stege oft nur ein kleiner schwankender
Strauch ihre einzige Stütze war als sich zu unsrer Linken ein andrer Weg bergan krümmte.

Wenn sie das Steigen eines zwar hohen aber
keineswegs steilen Berges nicht achten, sprach
jetzt unser Führer, so können wir diesen wandeln, und vermeiden dann alle Gefahr. Wir gelangen auf diesem bis zu dem einsamen Dorfe
Stemmeisel, und dürfen von dort aus nur
den Berg hinab schreiten, um in unsre Wohnungen einzutreten.

Der Vorschlag ward allgemein und mit großem Beyfall angenommen: zwar gewährte er
den Müden wenig Labsal, weil er lange und anhaltend aufwärts führte; aber er wurde doch
keinem zu lästig; und da zur Rechten und Linken die Anhöhe eben mit reifen Erdbeeren über-
deckt war, so lockten uns diese, indem wir sie
pflückten, immer und unmerkbar höher. Endlich
erreichten wir das Dorf, und bald hernach die
Spitze des hohen Berges, von welcher wir mit
Wohlgefallen den größten Theil unsrer Wanderung noch einmahl überblickten, dann unter
vier Wegen, welche nach Ellbogen leiten, den
steilsten wählten, und uns im schnellen Nu in
die Tiefe hinab stürzten.

Oft sprachen wir noch von dieser uns so angenehmen und so herrlich lohnenden Spazier=reise; oft wünschte ich laut und anhaltend, nä=here Nachrichten von der Veste, die einst in dieser Gegend thronte, und von den Bewoh=nern derselben zu erhalten. Mein Wunsch ward bald auf die unerwartetste Art befriedigt. Ein alter Mann, schon ganz Greis, trat an einem frühen Morgen mit einem dicken Buche unter dem Arme in mein Zimmer. Der alte, schweinslederne, hier und da von Würmern schon zernagte Einband, die noch unbeschnitte=nen, rings umher beruſten Blätter verkündig=ten laut das hohe Alter dieses Buchs; ich ah=nete schnell, und empfing meinen Gast mit be=sonderer Freundlichkeit.

Als sie gestern, sprach er wichtig lächelnd, bey meiner Wohnung vorüberwandelten, und mit ihren Gefährten bey dieser ſtille ſtanden, wünschten sie so sehnlich, in irgend einer alten Kronik nähere Nachrichten von den berüchtig=ten Heilings=Felsen zu lesen; vielleicht kann dieses Buch ihre Neugierde befriedigen. Es ist zwar nicht gedruckt und nur geschrieben; aber deßwegen kanns seinem Endzwecke doch entsprechen. Uns diente es zum Beweise, daß unsre Familie schon viele Jahrhunderte hindurch in dieser Gegend lebte, und schon in sehr alten

Zei=

Zeiten ein geistliches und hochgelehrtes Mitglied besessen habe. Sie schreiben, wie ich von meinem Sohne höre, so mancherley Bücher; vielleicht taugts in ihren Kram: behalten sie es, so lange es ihnen gefällig ist; und sollte ich indeß sterben, so stellen sie es meinen Kindern zurück; denn sie würden es ungerne entbehren, weil es sich von langen Jahren her immer vom Vater auf den Sohn vererbte, und auf diese Art ein ehrwürdiges Erbstück geworden ist.

Bey diesen Worten legte er das Buch auf meinen Tisch, hörte gefällig meinen Dank, und schlich wieder fort.

Ich werde später noch manches von dem Alter und der möglichen Entstehung dieses Manuscripts erzählen, und eile jetzt, ohne weitere Einleitung, meine Leser mit dem seltnen Inhalte desselben bekannt zu machen. Ich las es mit großer Begierde und wirklichem Vergnügen, und werde mich hoch belohnt fühlen, wenn meine Leser dieß Urtheil bestätigen.

Erster Theil.   C

Erstes Capitel.

Im Anfange des eilften Jahrhunderts beherrsch-
te der damahls so mächtige Marggraf Arnulph
von Vohenburg den größten Theil des jetzigen
Herzogthums Baiern, die junge Pfalz, das
Egerländlein und den sogenannten Kraipstein
Ellbogen. Er war ein gütiger und milder Fürst,
hielt gewöhnlich zu Vohenburg bey Ingolstabt
Residenz und Hof, zog aber auch oft in
die übrigen Städte seines Landes, um Recht
und Gerechtigkeit zu pflegen, und der Unterthanen Klagen mit eignem Ohre zu hören.

Als er aus dieser Absicht in der Felsenveste
zu Ellbogen Hof und Gericht hielt, und eben
das Fest seines Nahmensschützers, des heiligen
Arnulphs, gefeyert werden sollte, lud und be-
schied er die Hohen und Niedern, die Edlen
und Knechte der ganzen umliegenden Gegend
nach dieser Veste, damit sie sich mit ihm freuen,
und in seiner Gegenwart mit Speise und Trank
etwas gütliches thun sollten. Alle hörten
seinen Ruf mit Freuden, und wallten in festli-

chen Kleidern und Reihen zum Throne ihres Fürsten.

Unter den Tausenden, welche an diesem Tage aus ähnlicher Absicht auszogen, befanden sich auch die Bewohner des Dorfes zu den d r e y L i n d e n benamset, aus dessen Hütten in der Zeitfolge die bekannte Böhmische Bergstadt S c h ö n f e l d entstanden ist. Sie zogen mit ihrem Fähnlein fröhlich über die schroffen Felsen einher, und senkten sich eben in das tiefe Thal, welches sich bis nach Ellbogen hinabschlängelt, als sie mitten in der Einöde durch das laute Geschrey eines Kindes aufmerksam gemacht wurden: sie spähten emsig umher, und fanden bald einen nackenden Knaben zwischen zwey hohen Steinen liegend.

B e r c h t o l d H e i l i n g , reich an Heerden und Aeckern, und Vorsteher der kleinen Gemeinde, aber ein in drey glücklichen Ehen kinderloser Mann, erblickte zuerst den Weinenden, nahm ihn in seine Arme, und hüllte ihn, da er vom kühlen Morgenthau ganz benetzt war, in sein Wams. Gott, rief er voll Freude aus, hat mein Gebeth erhört, und mir einen Sohn und Erben geschenkt. Ich gelobe und schwöre dafür in Gegenwart aller, daß ich sein Vater werden, ihn tugendsam und christlich erziehen,

und zum Erben meines ganzen Habes machen
will.

Die Wallfahrter freuten sich dessen insge-
sammt; keiner und keine mißgönnte dem armen
Findling sein künftiges Glück, und einige säu-
gende Mütter lagerten sich auf den Steinen,
um mit ihren vollen Brüsten das Geschrey des
hungrigen Knaben zu stillen. Der neue Vater
empfing das Kind mit herzlichem Danke schla-
fend aus ihren Händen, und trugs absichtlich
mit nach Ellbogen hinab, um es dort durch den
Schloßpfaffen taufen zu lassen.

Wie sie sich schon der Veste nahten, erwachte der Knabe aufs neue, und besudelte aus
einer sehr natürlichen Ursache, und auf eine noch
natürlichere Art das Wams und die Hose des
gutherzigen Pflegvaters; er reinigte beydes so
gut, als möglich, am Egerflusse, und übergab
den Knaben seiner Nachbarinn, die in dergleichen Fällen besser erfahren war, und mehreres
Unheil zu verhindern wußte.

Der Herold berief, bey ihrer Ankunft alle
Gemeindevorsteher und Aelteste nach dem Saale
des Marggrafen, der mit seiner gestrengen Frau
auf einem erhabnen Stuhle saß, und sie mit
freundlichem Gesichte und aufrichtigem Herzen
bewillkommte. Alle fühlten in diesem Augenblicke, daß ein so herzlicher Willkomm eben

so herzlichen Dank verdiene; aber keiner achtete sich fähig, diesen Dank durch Worte auszudrücken: endlich überwand Berchtold Heiling
die natürliche Schüchternheit, trat einige Schritte vorwärts, dankte im Nahmen aller, und
wünschte im biedern, offnen Tone dem gestrengen Herrn zu seinem Nahmensfeste großes Glück,
göttlichen Segen, langes Leben, und endlich ein
sanftes Sterbestündlein.

Der Marggraf hörte die Wünsche seiner
treuen Unterthanen mit Freude, berief den Doll-
metscher derselben zu seinem Stuhle, und zählte
ihm hundert Stück Münzen, worauf sein Bild-
niß geprägt war, in die Hand, damit er sie
unter die Uebrigen vertheilen, und sie solche zu
seinem Andenken und ihrer Nachkommenschaft
Erinnerung aufbewahren möchten.

Indeß der Marggraf dieß Geschäft vollzog,
rümpfte die Frau Marggräfinn weiblich ihr
Näslein, und drehte es endlich mit Verachtung
abseits. Der Marggraf sahs, und forschte nach
der Ursache. Wir können, sprach sie voll Ver-
druß, den unerträglichen Gestank dieses rohen
Bauers nicht länger ertragen, und wundern
uns hoch, wie Euer Gestrengen so lange zögern
können, sich dieser Last zu entledigen.

Der Marggraf empfand nun ein gleiches,
und rügte die Unhöflichkeit des armen Berch-

tolpt mit harten Worten. Wenn du, sprach er am Ende, bey solch einer Gelegenheit mit solch einem Geruche begabt bist, so muß deine Wohnung ein scheußlicher Ort seyn. Entferne dich stracks, und laß einen andern näher treten, der unserer Nase erträglicher ist.

Berchtold fühlte diesen Schimpf tief; und da er sich sogleich lebhaft überzeugte, daß der kleine Findling der Urheber desselben sey, so wagte er es, dem Marggrafen seine Entschuldigung zu stottern, und in dieser die Ursache des sonst nicht gewöhnlichen Geruchs zu entdecken. Der Marggraf hörte beydes mit Wohlgefallen an, und seine gestrenge Frau, welche, die gewöhnlichen Weiberlaunen abgerechnet, ein gutes, liebes Weib war, geboth sogleich, daß der alte Berchtold seinen neuen Sohn herbey bringen solle.

Berchtold eilte fort, traf die Weiber im Hofe der Veste, und geboth ihnen, daß sie den Knaben am Schöpfbrunnen sauber und rein segen sollten. Indeß sie sein Geboth vollzogen, erzählte er den Uebrigen, was sich mit ihm zugetragen habe, und einer seiner Nachbarn, dessen Nase Gerüche dieser Art wohl zu ertragen verstand, war so gefällig, sein Kleid mit ihm zu wechseln, und auf diese Weise den Stein des Anstoßes zu entfernen.

Wie der Knabe gesäubert, und überdieß mit Krausemünze und wildem Timian wacker gerieben war, wickelten ihn die Weiber in einen linnenen Lacken, und übergaben ihn seinem Pflegevater, der ihn sogleich zum Stuhle des Marggrafen trug. Der Knabe war freundlichen Anblicks, und wie ihn die gutherzige Marggräfinn in die Hände faßte, und auf ihrem Schooße wiegte, so lächelte er zum ersten Mahle. Ich will des Verlaßnen Mutter werden, rief sie gerührt aus, und drückte den Kleinen an ihren Busen.

Seys und bleibs all dein Lebelang! antwortete der Marggraf, und freute sich ob des edlen Gefühls seines holden Weibes; aber der alte Berchtold blickte traurig zur Erde, weil ihm jetzt mit ein Mahl seine Hoffnung, ein Sohn und Erbe, geraubt wurde. Er war kühn genug, seinem Schmerze Worte zu geben; die Marggräfinn hörte sie mit Vergnügen, und suchte ihn durch die schmeichelhafte Hoffnung zu trösten, daß er immer noch Vater bleibe, wenn auch sie die Mutter des Findlings würde. Ich will dich, fuhr sie in ihrem Troste fort, sogleich von der Wahrheit überzeugen; der Knabe soll meinen und deinen Nahmen führen; er soll, da ich Johanna heiße, Hans, und, da du dich Heiling nennst, H a n s H e i l i n g genannt

werden, und ftracks wurde der Hofkaplan ge-
rufen, um ihn nach dem Ausspruche der ge-
ftrengen Frau zu taufen. Der Marggraf
ward fein Pathe, und der alte Berchtold genoß der feltnen Ehre, mit der Frau Marggräfinn das Wefterhemblein über den Täufling
zu halten.

Kleine Kinder, fprach am Ende die Marggräfinn zum alten Berchtold, müffen in den
Händen der Mutter bleiben, und von ihr forg-
fältig gepflegt werden; laß dichs daher nicht
kümmern, wenn ich den Knaben an meinem
Hofe behalte: ich verheiße dir dagegen, daß
er, wenn er laſſen kann, dich Vater nennen,
und, wenn fein Verſtand reift, als dieſen ehren
ſoll.

Berchtold dankte, ward die Zeit ſeines Aufenthalts auf der Veſte hoch geehrt, auf Für-
bitte der edlen Frauen von der Leibeigenſchaft,
Dienſthenne, dem Frohnenzuge und Sterbefalle
befreyt, und konnte am Ende als ein freyer
Mann nach ſeiner Heimath wandern.

Er empfahl beym Abſchiede den Knaben
nochmahls der Obhuth Gottes und der geſtrengen
Frauen, und ſie gelobte feyerlich, alle Mutter-
pflichten ſtreng an ihm zu erfüllen. Sie thats
auch wirklich mit ſeltnem Eifer, übergab ihn
der Pflege der Vogtinn, geboth ihr, ihm eine

Säugamme zu halten, und ihn gleich einem Edlen zu erziehen. Sie wiederhohlte dieß Geboth, als sie heim nach ihrer Residenz zog, und forschte bey ihrer Rückkehr streng und emsig: Obs in allen seinen Theilen ganz erfüllt wurde? Denn Gott hatte ihren Wunsch erhört, und ihr Gelübde, welches sie bey dieser Gelegenheit in geheim ablegte, mit Wohlgefallen aufgenommen.

Schon waren damahls sechs Jahre verflossen, als sie der Marggraf ins Brautkämmerlein geführt hatte, und noch war, als sie den Findling erblickte, keine Hoffnung zu einem Erben vorhanden: sie gelobte daher, des Verlaßnen Mutter zu werden, und ihn gleich einem eignen Sohn zu erziehen, wenn Gott dagegen ihren Schooß segnen und fruchtbar machen werde; und siehe, er thats schnell und bald: denn wie die Marggräfinn kurz nach Jahresfrist am Arme ihres Ehegatten nach Stein-Ellbogen rückkehrte, trug man hinter ihr den Erstgebornen und einzigen Erben der väterlichen Lande.

Hoch und groß war der Jubel des darob erfreuten Volkes; aber eben so groß auch die Begierde der dankbaren Marggräfinn, dem kleinen Hans zu lohnen, was sie nur durch ihn erhalten zu haben glaubte. Er mußte die Zeit ihres Aufenthalts im Gemache ihres Neugebor-

ten schlafen; oft trug ihn die Edle auf ihren
Armen umher; und da er, stark und gesund,
schon zu laufen begann, so war sie noch öfterer
seine Führerinn. Immer saß er auf ihrem Sat-
tel, wenn sie in der Gegend umher ritt, und
mehr als einmahl überraschte sie mit einer
Heimsuchung den alten Berchtold, welcher sich
herzlich und innig freute, daß er einen Sohn
habe, der so seltne und große Ehre genoß.

Schon konnte der kleine Hans sprechen;
schon hoffte die Marggräfinn zum zweyten
Mahle Mutter zu werden, als des Landes
Wohl den Marggrafen nach Vohenburg berief: Sie mußte ihm dahin folgen, und versprach, ihren Pflegesohn, der sie innig liebte,
bald nach ihrer Residenz abhohlen zu lassen; aber sie konnte ihr Versprechen nicht
erfüllen: denn, wie sie kurz nachher eine Tochter gebären wollte, starb sie in Kindesnö-
then.

Zweytes Capitel.

Sie hatte redlich und treu in ihrer bittern Sterbestunde des kleinen Hans gedacht, dem weinenden Gatten ihr Gelübde und die Wirkung desselben entdeckt, und ihn dringend der fernern Obhuth ihres Marggrafen empfohlen. Dieser erfüllte ihre letzte Bitte mit großem Eifer; und wie ein Trauerbothe den Tod der Edlen auf der Ellbogner Veste verkündigte, so ward durch diesen dem Vogte auch das ernste Geboth, daß er den Findling wohl pflegen, und als einen Sohn des Marggrafen betrachten solle. Der gutherzige Vogt erfüllte dieß Geboth nach seinem ganzen Inhalte, und erfüllte es auch dann noch eben so gewissenhaft, als viele Jahre hindurch der Marggraf nicht mehr auf der Veste einsprach, auch in keinem seiner Gebothe und Aufträge des kleinen Hauses gedachte.

Schon war dieser volle fünfzehn Jahre alt, in allen Wissenschaften der Ritterschaft wohl unterrichtet und trefflich bewandert, als mit ein Mahl auf der Veste die unerwartete Nachricht erscholl, daß der schon alternde Marggraf sich

schnell und plötzlich ein junges Fräulein zur Gattinn gewählt, und mit ihr bald erscheinen werde, um sie von seinen Unterthanen huldigen zu
lassen. Das Geboth, welches kurz nachher an
den Vogt erging, alles zum festlichen Empfange zu bereiten, setzte diese Nachricht außer Zwei-
fel, und der muthige Jüngling Hans freute sich
hoch, daß er einmahl wieder seinen Pflegvater
sehen, und an seiner Seite eine neue Mutter
begrüßen könne.

Im festlichen Wamse und gleich einem edlen Rittersbuben angethan, ritt er an der Spitze des Zugs, welchen der Vogt zum Geleite dem
hohen Paare entgegen sandte. Keiner der Hofleute, welche den Marggrafen begleiteten, erkannte den schönen Jüngling; alle forschten nach
seinem Stande und Nahmen, und freuten sich
hoch, wie sie den ehemahligen Liebling ihrer
verklärten Frau in so schöner Gestalt und be-
haglichem Wohlseyn wieder erblickten. Die Aeußerung ihrer Freude drang bis zum Marggrafen; auch er freute sich mit ihnen, und berief
den Jüngling in sein Zelt, als er bald hernach
im Forste mahlte. Er fand Wohlgefallen vor
seinen Augen, denn er sprach offen und treuher-
zig, erinnerte sich mit Thränen seiner geliebten
Pflegemutter, sprach so warm, so anhaltend
und dankbar von ihr, daß sich der Marggraf

der Thränen nicht enthalten konnte, und gleich einem Kinde zu weinen begann.

Eben wie die Thränen stromweis über seine Backen rollten, trat die junge und sehr schöne Marggräfinn ins Zelt. Sie forschte eifrig nach der Ursache seines so innigen Kummers, und schoß wilde Blicke auf den Jüngling, als sie vernahm, daß er, ihrem Ausbrucke gemäß, auf eine höchst unvorsichtige Weise eine Wunde erneuert habe, die sie mit so vieler Mühe geheilt zu haben glaubte. Auf ihr Geboth mußte sich Hans schnell entfernen; und wie der Zug aufs neue begann, so warb ihm ein zweytes, Kraft welchem er das Angesicht des Marggrafen meiden, und mit dem Trosse in einer großen Entfernung folgen mußte. Er that's willig, aber er fühlte den Schimpf tief, und verbarg sich trauernd in sein Kämmerlein, als er in der Dämmerung auf der Burg anlangte.

Schon am andern Morgen warb er nach dem Gemache der Marggräfinn berufen. Es geziemet uns nicht, sprach sie im harten Tone, mit einem uneblen Bastarden unter einem Dache zu wohnen. Du wirst dich sogleich aus unsern Augen entfernen; und wehe dir, wenn solche dich jemahls wieder erblicken! Wir ehren das Andenken unsrer weiland verklärten Marggräfinn; aber wir wollen nicht, daß es durch dich zur Geißel und Marter unsers theuren Gemahls werde. Man hat dich zu sehr erhoben; es ist Zeit, daß wir den Unfug hemmen, und dir den Stand anweisen, in welchem du unschädlich wirken sollst. Nimm dieses Schreiben, und ziehe damit nach Eger; wenn du dein Leben liebst, so weiche weder zur Rechten noch zur Linken, sondern überreiche schnell unsre Bothschaft dem Burgvogte. Spute dich von hinnen; denn Tod ist deine Strafe, wenn du weilst.

Bebend und zitternd, aber auch glühend und fühlend eilte der arme Hans nach dem Stalle, zäumte seinen Hengst, und jagte nach Eger. Er fühlte allerdings, daß es ihm dort nicht wohl gehen werde; aber er erblickte nirgends Hülfe, und fügte sich mit standhaftem Muthe in sein Schicksal. Armer Wicht, sprach der Burgvogt zu Eger, wie er der Marggräfinn Schreiben durch den Kaplan vollmetschen ließ, dir wirds bey mir nicht behagen; du bist des Wohllebens gewohnt, und sollst jetzt gleich dem mindesten Knechte geachtet seyn. Ich bedaure dich; aber ich muß auch das Geboth meiner gestrengen Frau achten, und kann dein Schicksal nicht lindern.

Hans schwieg, und duldete es standhaft, wie man ihm das Wams eines Reiterbubens reichte, und gleich diesem im Stalle Dienst und

Lust anwies. Indeß er hier in strenger Dienstbarkeit schmachtete, und jeder rohe Knecht ihn
oft mit Schlägen lohnte, hatte man seiner auf
der Burg zu Elbogen ganz vergessen: nur der
Vogt und sein gutherziges Weib beklagten im
Stillen das Schicksal des Armen; denn laut
wagten sie es nicht, weil die tyrannische Marggräfinn es bey Todesstrafe untersagt hatte, den
Nahmen des Buben je mehr auszusprechen.

Sie war ehemahls das geringste und ärm-
ste Fräulein am Hofe des Marggrafen, hatte
aber durch Trug und List seine Aufmerksamkeit
erregt, und ihn nach langem Kampfe bis zur
Ehe mit ihm verleitet. Er fühlte bald, daß es
sich in ihren Armen nicht so sanft, wie am Busen seines verstorbenen Weibes, ruhe; er be-
klagte und beweinte diese jetzt stärker als je, und
ward dadurch Ursache, daß seine jetzige Gattinn
das Andenken derselben insgeheim verfluchte.
Sie hatte ihn nicht aus Liebe, sondern aus
Herrschsucht geehlicht; sie suchte diese Leidenschaft
jetzt auf alle mögliche Art zu befriedigen, und
häuchelte dem schon alten Marggrafen nur deßwegen Liebe, um ungehindert regieren zu können. Der Marggraf fühlte den geheimen Zwang,
mit welchem sie in seinen Armen ruhte, ahnete
oft die verborgene List, mit welcher sie ihren
Willen zu erzwingen verstand, aber er war zu

schwach und alt, um Abänderung zu treffen, und ließ sie meistens nach Belieben schalten.

Als er bald hernach im Zwielichte (Dämmerung) traurig und bange in der Veste umherwandelte, an das Fenster eines einsamen Kämmerleins trat, und seine verstorbene Ehefrau sehnsuchtsvoll über den Sternen suchte, erblickte er im nahen Zwinger eine Dirne, welche mit einem Manne vertraulich koste, und ihn bald hernach innig umarmte und küßte. Sie flüsterte nur leise; aber eben dieß wohllüstige Flüstern gereichte zu beyder Verderben: denn es dünkte dem lauschenden Marggrafen so ähnlich der schmachtenden Stimme seiner Marggräfinn. Er schlich behende hinab, und traf wirklich sein treuloses Weib in den Armen eines Bairischen Ritters, welcher erst vor kurzem in die Dienste der Marggräfinn getreten war, und ihr beym Mahle kredenzte. Der Marggraf hatte sich mit einem Speere, welcher an der Wand des Kämmerleins lehnte, bewaffnet, und durchstach den kühnen Ritter mit diesem; aber die Ungetreue entfloh seiner rächenden Hand, und ob er ihr gleich schnell nacheilte, so konnte er sie doch nicht erreichen und finden.

Am Morgen wards auf der ganzen Veste laut und kund, daß die Frau Marggräfinn verschwunden, und, wie man aus des Marggrafens

fens Fragen und Reden schloß, insgeheim entflohen sey, aber keiner ahnete die Ursache ihrer Flucht: und wenn auch wenige sie ahnen konnten, so verbargen sie doch diese gefährliche Meinung im Innersten ihres Herzens, weil sie die Schwäche des Alten kannten, und auch im schlimmsten Falle Versöhnung voraus sahen. Deßwegen wagte es auch keiner der Hofleute, dem Marggrafen die wahre Geschichte zu entdecken, als er bald hernach nach dem Liebling, seines verstorbenen Weibes, nach dem jungen Hans, forschte. Alle dachten sclavisch genug, ihm, nach der Vorschrift der gestrengen Frau, dreust zu berichten, daß der Junge, des Wohllebens und der großen Wohlthaten überdrüßig, in die weite Welt entlaufen sey. Der Marggraf wunderte sich ob dieser Nachricht sehr, fragte aber nicht mehr nach dem Knaben, und zog schon am andern Tage nach Vohenburg hinab, weils ihm graute, in dieser Feste länger zu weilen.

Indeß er nun einsam in seiner Residenz trauerte, nirgends eine Spur der Entflohenen entdeckte, und nicht einmahl das Vergnügen gesättigter Rache fühlen konnte, schmachtete auch der arme Hans zu Eger in tiefer Sclaverey. Jeder Knecht glaubte, daß er zur Strafe von dem gestrengen Herrn dahin verbannt sey, und

achtete sich daher berechtigt, diese an ihm zu
üben: harte Schläge waren seine tägliche Kost,
und ein Trunk Wasser seine einzige Labung. Er
duldete standhaft; wie sich aber die Drangsale
immer mehrten, da achtete auch er sich berechtigt, der unverdienten Sclaverey zu entfliehen.
Als er einst in Gesellschaft einiger Knechte aus
dem Forst Holz hohlen mußte, und diese ihn,
wie er, ob seiner natürlichen Schwäche, mit
dem Gepäck nicht fertig werden konnte, schrecklich schlugen, so entwischte er ins Dickicht, floh
unaufhaltsam vorwärts, und beschloß, lieber
des Hungertobes zu sterben, als unaufhörliche
Todesgefahr zu dulden.

Drittes Capitel.

Beynahe wäre sein Wunsch zur Erfüllung ge-
reift; denn der gewaltige Forst war menschen-
leer und öde, bedeckte mit seinen Schatten die
ganze und weite Gegend des großen Fichtelge-
birges, welches dazumahl noch gar nicht, jetzt
kaum zur Hälfte urbar gemacht ist. Ohne Weg

und Steg zu erblicken, wandelte der Entflohene zwey volle Tage in diesem umher, ruhte auf vermodertem Laube, und nährte sich äußerst sparsam mit den Wurzeln und den Beeren des Forstes.

Wie er am Morgen trostlos und ganz entkräftet sich an einer Waldrunse (vermuthlich Waldbache) labte, und neue Kräfte sammelte, erblickte er unfern von sich einen alten, ehrwürdigen Mann, der ihm wiederhohlt winkte. Sohn meiner Lenden, sprach dieser, wie es dem armen Hans graulich im Innern wurde, folge meinem Schritte; ich will dich in eine bewohnte Gegend leiten. Sey ferner Knecht, damit du einst Herrscher und Herr seyn kannst, aber hüthe dich zu üben, was du üben siehst.

Nach diesen liebreich ausgesprochenen Worten wandelte der Greis voran, und Hans folgte furchtsam nach. Immer ging der Weg aufwärts; aber Hans fühlte sich wunderbar gestärkt, und konnte wacker schreiten.

Wie sie endlich ein Felsenthal erreichten, und in den Klüften desselben empor kletterten, hörte Hans viele Huftritte. Folge diesen! sprach der Greis, und entschwand seinem Auge.

Der Lärm näherte sich: Hans kletterte seitwärts, erblickte einen gebahnten Steg, und auf diesem viele Reisige, welche Saumrosse am

Zügel leiteten. Sie gafften nach ihm hin, forschten nach seinem Stand und Nahmen, und lächelten, wie er ihnen erzählte, daß er ein um-
herirrender Flüchtling sey. Komm mit uns, sprach
der Anführer des Haufens; du sollst bey uns
mäßige Arbeit und Brot in Fülle finden.

Hans ergriff sogleich den Zügel eines Saum-
rosses, und leitete es willig hinter dem Zuge
einher. Sie mußten bis zur Mittagszeit aufwärts ziehen, bis sie endlich die Höhe und eine
wilde Bergveste erreichten, die auf der Spitze
der Felsen gethürmt da stand, und in die weite Ferne die ganze Gegend belugte. Diese Veste hatte, wie Hans nachher erfuhr, Rudolph,
der Franken Pfalzgraf, schon im neunten Jahrhunderte erbaut, und sie wurde nach ihm Ru-
dolphsstein, oder nach gemeiner Sprache der
Rollenstein, benamset; jetzt hausten mächtige
Räuber darauf, welche die ganze Gegend be-
fehdeten, und alle Kaufleute, welche auf den
Straßen rings umher zogen, wo nicht ganz be-
raubten, doch mächtig bezollten.

Schon am nähmlichen Tage ward dieß dem
armen Hans, als er die reichliche Beute von
den Rossen heben half, einleuchtend kund; er
erinnerte sich aber auch eben so lebhaft an seines
wunderbaren Führers Geboth: daß er nicht
üben solle, was er üben sähe, und beschloß so-

gleich fest und standhaft, jeden Dienst willig auf
der Burg zu verrichten, aber nie auf Raub und
Mord auszuziehen. Er sah ein, daß es ihm äußerst schwer werden würde, dieß Gelübde in der
Folgezeit zu erfüllen; aber er war listig genug,
seine Mitgesellen im Stalle auf diese Weigerung
vorzubereiten. Ich neide, sprach er, wie sie mit
ihm traulich zu kosen begannen, eure Tapferkeit
und Heldenmuth; aber ich vermag beydes nicht
nachzuahmen; doch tröste ich mich mit dem güld-
nen Spruche: Nicht jeder kann aller Dinge Mei-
ster seyn! Ich bin, indeß ihr kämpft und strei-
tet, zu andern Geschäften brauchbar, verstehe
die Kunst, das magerste Roß in Kürze fett zu
weiden, und den wildesten Hengst zu zähmen;
aber ich zittere, wenn ich ein bloßes Schwert
sehe, und sinke sinnlos zu Boden, wenn ich Blut
erblicke. Lacht und spottet meiner nicht, fuhr
er in seiner erdichteten Rede fort, ich bin ganz
unschuldig an diesem Gebrechen. Als meine Mutter mit mir schwanger ging, und ihres Gatten
in einem nahen Forste wegwartete, stürzten lü-
sterne Buben aus dem Dickichte hervor, und
heischten mit dem bloßen Schwerte, daß sie ihres Willens werden sollte. Die Aermste würde
sich vergebens der gewaffneten Buben entwehrt
haben, wenn nicht mein kommender Vater ihr
zu Hülfe geeilt wäre; er zog rasch sein Schwert,

und hieb einige der Buben nieder. Die Uebrigen flohen, und meine Mutter sank gerettet in
seine Arme; aber Schrecken und Angst hatten
die Bande ihres Körpers zerrüttet: sie gebar mich
auf der Stelle, und ich erbte von ihr die Em-
pfindung, welche noch lebhaft in ihrem Herzen
nistete. Von früher Jugend an konnte ich ohne
zu zittern kein blankes Schwert, ohne leblos hin-
zusinken, kein Blut fließen sehen; ich kämpfte
oft wider diese Schwachheit, aber ich ward nie
ihr Ueberwinder, und lernte die Rosse pflegen
und weiden, da ich nicht kämpfend auf ihnen sitzen konnte. Es ging mir dieses Naturfehlers wegen oft sehr hart und trübselig; aber ich hoffe,
ihr werdet barmherziger seyn, und mein Ungemach nicht durch bittern Spott mehren.

Die Knechte glaubten, was der listige Hans
erzählte, hinterbrachten's ihrem Herrn, und
dieser behielt ihn doch in seinem Solde, weil er
der Kämpfer genug hatte, und wenn diese auszogen, daheim immer eines Roßwärters bedurfte. Anfangs neckten ihn freylich die rohen Knechte, zeigten ihm oft ein blankes Schwert, oder
ein blutiges Gefäß; da er aber alle Mahl, seiner Verstellung getreu, gleich einer Espe zitterte, oder wie ein lebloser Klotz zu Boden sank,
so erbarmten sie sich seiner, und gönnten ihm in
der Folge Ruhe und Friede.

Er lebte acht Jahre auf dieser Burg, weidete und wartete die Roffe, nahm nie Theil am ungerechten Kampfe oder an der blutigen Beute; aber er ward von Hohen und Niedern auf der Burg seines stillen Betragens wegen gern geduldet; und ob man ihn gleich den schwert- und blutscheuen Hans benamste, so that ihm doch niemand etwas zu Leide. Nach dieser Zeit erkrankte der Gefangenwärter; und da der Burgherr von Hansens Treue schon überzeugt war, so vertraute er ihm bis zu des erstern Befferung diesen Dienst.

Es faßen damahls über zwanzig Kaufleute in dieser Räuberhöhle gefeffelt, und follten fo lange im finstern, dumpfichten Kerker fchmachten, bis ihre Anverwandten fie durch bestimmte Summen aus den Händen ihrer Räuber lösten. Es ward dem theilnehmenden Hans weh ums Herz, als er ihnen zum ersten Mahle karge Speifen trug, ihre Klagen hörte, und doch nicht helfen konnte: aber staunend und noch tiefer fühlend stand er da, als er endlich die letzte Thüre der anvertrauten Kerker öffnete, und in diefer eine mit Lumpen bedeckte Dirne erblickte.

Bringst du mir endlich den fo oft erflehten, und nie erhaltnen Gifttrank? fragte die Dirne, und klirrte fchauerlich mit ihren Ketten.

Hans vermochte nicht zu antworten; denn es dünkte ihm, als ob die gestrenge Frau Marggräfinn, die ihn vom Hofe, und nach Egg in die Sclaverey verbannt hatte, mit ihm spräche.

Wer bist du? bist du nicht der hartherzige Graukopf, der mich schon acht Jahre mit seinem unerträglichen Stillschweigen martert? fragte die Dirne aufs neue, und Hans überzeugte sich immer deutlicher, daß er vor seiner größten Feindinn stehe.

Er begann nun auch zu fragen; und bald wards ihm kund, daß sie es wirklich sey, und auf ihrer Flucht aus der Ellbogner Veste, nach ihrer Erzählung aber auf der Jagd, in der Räuber Hände fiel. Ich verschwieg, sprach sie, absichtlich meinen wahren Stand und Nahmen, um dadurch der Räuber Habsucht nicht noch mehr zu reitzen: ich gab vor, daß ich das Weib eines edlen Fränkischen Ritters sey; aber sie nahmen mich doch gefangen, mutheten mir schändliche Dinge zu, und da ich sie standhaft weigerte, so warfen sie mich in diesen Kerker, aus welchem mich wahrscheinlich nur der Tod erlösen wird.

So erzählte sie; aber die wahre, echte Begebenheit, die Hans freylich nicht kannte, lautete anders. Die Marggräfinn flüchtete, als sie ihr Gatte so unverhofft überraschte, mit dem

treuen Diener ihres entleibten Buhlen glücklich
aus der Ellbogner Veste, und in der folgenden Nacht
nach Eger. Sie wollte zu ihrem Vater, der eine kleine Veste in Norgau besaß, ziehen, ihm
ihr Leiden klagen, ihre Unschuld beweisen, und
da sich, wo möglich, durch seine Unterstützung
mit dem beleidigten Gatten versöhnen: als sie
aber hinter Eger den großen Forst durchzog,
ward sie von den lauernden Räubern ergriffen,
und nach Rollenstein geführt. Sie verschwieg wirklich ihren Stand und Nahmen, weil sie mit Recht
befahrte, daß die Räuber die Rache des mäch-
tigen Marggrafen scheuen, sie wahrscheinlich,
um seinen Schutz zu gewinnen, nach Ellbogen
geleiten, und auf diese Art unvorbereitet in die
Arme des rachbegierigen Gatten überliefern würden; aber sie widerstand keineswegs den schändlichen Dingen, welche ihr der schon alte Burgherr, durch ihre Schönheit gereitzt, zumuthe-
te; sie ward seine erklärte Buhlerinn, herrschte unumschränkt auf der Veste, und bewog den
Alten, daß er seinen einzigen Sohn, der sie nur
mit einem geringfügigen Worte beleidigt hatte,
eng einkerkerte, und ein langes Jahr hindurch
bey Wasser und Brot schmachten ließ. Nach dieser Zeit starb der Burgherr schnell und plötzlich:
Isabella, so nannte sich die Marggräfinn, hoffte Erbfrau der Veste zu werden, und verband

sich aus dieser Absicht mit einem jungen schönen
Ritter, den kurz vorher sein widriges Schicksal
nach dieser Veste geleitet hatte; aber die übrigen Edlen und Reisigen waren des so launigten
Weiberregiments müde, öffneten mit Gewalt
die Thüre des Kerkers, in welchem der recht-
mäßige Erbe der Burg schmachtete, und gelobten ihm Treue und Gehorsam. Nun begann sogleich Isabellens verdientes Leiden; denn der junge Burgherr rächte sich schrecklich: ihr neuer
Buhle ward vor ihren Augen ermordet, und wie
sie in wilder Verzweiflung ebenfalls den Tod von
seines Mörders Hand heischte, so schwur dieser
einen theuern Eid, daß sie länger leiden, und
bis an ihr Lebensende in eben dem Kerker schmachten solle, in welchem er vorher gefesselt lag.
Das strenge Urtheil ward sogleich an ihr vollzogen, und Isabella saß von nun an im finstern
Thurme, konnte nie der Sonne Licht sehen, mußte nur trocknes Brot essen, und es mit ihren
Thränen salzen.

O wenn du mich retten wolltest, retten könn-
test, sprach sie jetzt seufzend und weinend zum
gutherzigen Hans, ich wollte dirs vergelten all
dein Lebelang, und mein erfreuter, gewiß noch
immer um mich klagender Gatte würde dich zu-
nächst an seinen Stuhl setzen, dich über alle seine Ritter erheben. Du schweigst? fuhr sie fort,

als Hans verlegen umher blickte; du gedenkst also noch der Rache, die ich einst an dir übte? Ich ward durch andere zu dieser schändlichen That verleitet; ich bitte dich knieend und wehmüthig deßhalb um Verzeihung; ich will dich ewig als meinen Bruder ehren, wenn du vergessen kannst, und mich aus meinem Elende rettest.

Thränen entstürzten Hansens Augen, als er seine gestrenge Frau vor sich knieen sah; er hob sie schnell vom Boden auf, versicherte, daß er ihrer uneblen That nicht mehr gedenke, und alles anwenden wolle, um sie aus der Räuber Händen zu befreyen.

Mit dieser trostreichen Versicherung verließ er sie, und schlich nach seinem Kämmerlein, um zu überlegen, wie er die gelobte That beginnen sollte. Sie war leicht und schwer, sicher und doch gefahrvoll. Er konnte nach Belieben den Kerker öffnen; und da er immer noch die Aufsicht über die weidenden Rosse führte, nach Gefallen aus der Veste ins Thal hinabwandern, um nachzuspähen: ob die Buben ihrer Schuldigkeit oblägen? aber es gab so viele Augen in der häufig bewohnten Veste; und wenn nur eins derselben ihn erblickte, so war er verloren, und wurde Mörder, indem er Retter werden wollte. Er beschloß daher weislich, günstigere Zeit

zu erwarten; und da die Reisigen oft auf Raub
auszogen, oft nur wenige auf der Veste rück-
ließen, so verschob er die That bis zu dieser gewiß nicht fernen Zeit.

Sie erschien bald, und günstiger als je.
Dem Burgherrn ward Kundschaft, daß mehr
als hundert sehr reiche, und mit Gold und Waren schwer belastete Juden aus Schwaben gen
Böhmen zögen, zwar von dem Pfalzgrafen im
Norgau fünfzig Geleitsreisige zur Sicherheit er-
bethen hätten, aber leicht zu überwinden wären, wenn man mit vereinten Kräften gegen sie
andränge. Alle Bewohner der Veste jubelten, als
sie diese wichtige Kundschaft hörten, und der Burgherr sammelte am andern Morgen nicht nur
alle Reisige, sondern auch alle waffenfähige Buben um sich her. Selbst der Burgvogt mußte
mit ausziehen; dem alten immer noch siechen
Gefangenwärter wurde die Burg anvertraut,
und zur nöthigen Hülfe der verdachtlose Hans
beygesellt. Nur vier Buben und fünf Greise
blieben nebst den Weibern auf der Veste zurück,
und wie der Burgherr mit allen übrigen auszog,
so geboth er Hansen ernstlich, die Zugbrücken
zu lüften, die Thore zu sperren, und sie bis zu
seiner Rückkehr keinem athmenden Wesen zu
öffnen.

Hans gelobte feſte Erfüllung des Gebothes: wie ſich aber der Zug hinter den Felſen verlor, ſchlich er nach der Marggräfinn Kerker, und verkündigte ihr die nahe Stunde ihrer Frey-heit. Der heiße Dank, welcher ihre Lippen überſtrömte, behagte ſeinem guten Herzen, und er machte es lüſtern nach ähnlichem. Er ging von da in die Kerker der unſchuldig ſchmachten-ben Kaufleute, und verkündigte ihnen gleiche Bothſchaft: ſie nahmen ihn auf gleich einem Engel des Lichts, verſprachen ſeine edle That reichlich zu lohnen, aber der Redliche verbath jeden Lohn, und ſie gelobten dagegen, ihn all ihre Lebenszeit in ihrem Morgen- und Abend-gebethe als den Retter ihres Lebens zu preiſen.

Wie es zu dämmern begann, erfüllte Hans ſein Gelübde, öffnete die Kerker und Feſſeln all der vier und zwanzig Gefangnen, welche bisher in dieſer Räuberhöhle ſchmachteten. Er reichte den befreyten Männern Stricke, damit ſie die Wenigen, welche noch auf der Veſte hauſten, binden, nnd dadurch jeden zu frühen Verrath hin-bern könnten. Die Weiber hatte er vorher ſchon nach einem unterirdiſchen Gemache gelockt, und dort feſt verriegelt; die Männer wurden in der Trinkſtube beym Veſpertrunke überfallen, und ohne Widerſtand gebunden.

Indeß dieß geschah, war die in der Veste wohlbekannte Marggräfinn ins Gemach des Burgherrn gedrungen, hatte die Truhen, welche darin standen, geöffnet, sich ein schönes Reisekleid gewählt, und die Säcke desselben mit den schönsten und besten Kleinodien gefüllt. Als sie so schmuckhaft angethan unter den Befreyten erschien, und ihre That offen gestund, da beschloßen auch die Uebrigen ein gleiches zu thun, und mit zu nehmen, was ihnen einst so widerrechtlich entrissen wurde.

Hans hinderte die That nicht; aber er übte nicht gleiche: ihm schiens undankbar und nicht löblich, daß er, da man ihm nichts genommen hatte, die Gelegenheit nützen, und seinen Herrn, der ihn nie zu hart behandelt hatte, bestehlen sollte. Alle zogen wohl belastet von bannen; nur er trug in seinem Wamse nichts, als zehn Silbergroschen, welche er sich im Dienste der Räuber rechtmäßig gesammelt hatte. Nur fünf kranke Rosse waren in der Burg rückgeblieben; nur eins davon hatte sich zu Hansens Freude den Tag hindurch vollkommen gebessert: er führte es gesattelt seiner gestrengen Frau vor; sie bestiegs mit Vergnügen, und die Uebrigen mußten zu Fuße wandern.

Da Hans überzeugt war, daß die Räuber nach Norden auszogen, so wählte er den Weg

gen Süden, wählte ihn um so lieber, weil er
wußte, daß man in dieser Gegend nur einer
Tagreise bedurfte, um des Forstes Ende und
bewohnte Oerter zu erreichen. Die Folge ent-
sprach der Erwartung: sie zogen rastlos die
ganze Nacht hindurch, und wie die Sonne am
andern Tage die Mittagshöhe erreichte, so lich-
tete sich auch der Forst, und sie erreichten bald
hernach ein volkreiches Dorf, durch welches eine der Hauptstraßen des ganzen Norgaus führte. Die Kaufleute mietheten hier Rosse und
Wegweiser, um nach ihren verschiedenen Hei-
mathen zu ziehen. Viele trennten sich schon
hier von Hansen, andre erst am folgenden Tage; alle wollten nochmahls seine edle That mit
Geschenken lohnen, aber er nahm keins, und
entließ sie mit einem aufrichtigen Wunsche für
ihr ferners Glück.

Da die Marggräfinn und Hans mit ihr wähnte, daß der Marggraf wahrscheinlich jetzt zu Vohenburg Hof halten würde, so zogen sie die
Straße, welche dahin führte: Hans leitete der
gestrengen Frau Roß am Zügel, und war nicht
zu bereden, sich eins zu kaufen oder zu miethen;
ihm schiens groß und edel, wenn er, der Befreyten Roß am Zügel leitend, in die Residenz
eintreten würde.

Am Abende des andern Tages herbergten
sie in einem kleinen Dörflein, welches nahe an
der Straße lag. Hans führte am andern Morgen das gesattelte Roß zu den Füßen der gestrengen Frau; aber er blickte staunend und verlegen umher, wie sie ihm den Zügel desselben
nicht gönnte, das Roß wacker in die Seite stach,
und gleich einem Vogel auf und davon flog.
Er folgte ihr endlich rastlos; da sich aber bald
mehrere Straßen kreuzten, so verlor er ihre
Spur, und kein Wanderer konnte seine Fragen
beantworten. Immer noch nicht List oder Trug
ahnend, glaubte er fest, daß Sehnsucht nach
dem so lange entbehrten Gemahl die Marggräfinn so eilends vorwärts getrieben habe, und
folgte aus dieser Absicht der Straße, welche
nach Ingolstadt und Vohenburg hinableitete.
Oft, wenn er in der Folge Staub auf dieser
erblickte, und Rüstung glänzen sah, wähnte er,
daß dieses Reisige wären, welche der erfreute
Marggraf dem Retter seiner rückgekehrten Gattinn entgegen sende; aber immer zogen diese
vorüber, und achteten seiner nicht.

Wie er am letzten Abende seiner Wanderung schon im Gebiethe des Marggrafen her-
bergte, und zufälliger Weise nach dem Wohl-
befinden desselben forschte, erfuhr er zu seinem
großen Erstaunen und wahrer Herzenstrauer,
daß

daß der alte Marggraf schon durch vier Jahre des Todes verblichen sey, und sein Sohn erster Ehe, Heinrich benamset, das Land und Volk regiere. Ein weissagender Traum, dachte er nun, hat das Herz der Marggräfinn so geängstigt, und ich werde weinend und trauernd sie in den Armen ihres Stiefsohns wieder finden; aber auch er, fuhr er zu denken fort, wird meine That lohnen, und meine folgenden Tage glücklich machen.

Mit dieser Ueberzeugung wanderte er ellend nach Vohenburg, ward auf sein Verlangen vor den Stuhl des Marggrafen geführt, und blickte zum ersten Mahle verlegen umher, wie dieser voll Ernst nach seinem Nahmen und Begehren forschte, und er die gerettete Marggräfinn nicht an seiner Seite erblickte. Endlich begann er zu erzählen, was er an dieser geübt hatte, und hoffte zuversichtlich, daß sich sein Blick heitern werde; aber er ward noch finstrer. Kühner Jüngling, sprach der Marggraf, du wähnst eine edle That verrichtet zu haben, und hast eine schlechte und undankbare Arbeit vollendet. Mein Vater — Gott schenke ihm dort die Ruhe, welche er hier nicht genoß — ward von der Elenden schändlich mit Untreue belohnt; er empfahl die Rache Gott, und dieser hat sie gerechter Weise an ihr vollzogen. Du aber greifst

Erster Theil.   E

freventlich in seinen rächenden Arm, und ent-
zogst die Schuldige der gerechten Strafe. Fordere von mir keinen Lohn, denn ich kann dir
keinen gewähren, und entferne dich stracks aus
meinem Angesichte, damit ich nicht strenger
Vergelter deiner Frevelthat werde. Nur die
Unwissenheit entschuldigt dich; sonst würde ich
dir eine Thüre öffnen lassen, die sich auf ewig
hinter dir schließt!

Nach diesen Worten winkte der Marggraf
mit der Hand, und ein Diener desselben ergriff den staunenden Hans, um ihn zur Thüre
zu führen. Er floh angstvoll fort, und rastete
erst dann, als die Thürme der Veste Vohenburg
weit hinter seinem Rücken lagen.

Voll Sorge und Kummer, was er nun beginnen, und wie er sich ferner ehrlich und redlich nähren werde, lag er lange im Schatten
einer alten Eiche, und begann endlich zu schlum-
mern. Ihm träumte, als ob er bey seinem
ehemahligen Pflegevater anlange, diesen noch
lebend treffe, von ihm äußerst liebreich empfangen, und zum Erben all seines Habes bestimmt
würde. Er freute sich des Traums wacker,
als er erwachte, und beschloß sogleich zu versuchen: ob dieß Traumgesicht Wahrheit ent-
halte?

Eben wie er den letzten seiner gesammelten
Groschen verzehrt hatte, langte er im Dorfe zu
den drey Linden an, und fragte mit klopfendem
Herzen nach der Wohnung des alten Berchtolds.
Noch stärker klopfte es, als man ihm solche von
ferne zeigte, und die tröstende Versicherung
beyfügte, daß er zwar schwach und alt, aber
doch noch lebe.

Der über neunzig Jahre alte Berchtold
erkannte seinen Pflegesohn beym ersten Gruße,
und hob seine Hände dankend gen Himmel,
weil er seinen innigsten Wunsch erfüllt, und den
noch immer heiß Geliebten in seine Arme geführt hatte. Mein Gelübde, rief er endlich
aus, steht noch unwandelbar und fest. Du bist
und bleibst Erbe all meines Habes, und kommst
eben noch zu rechter Zeit, um es vor meinem
Tode zu übernehmen!

Hans dankte mit warmen Worten, und
blieb von nun an im Hause des Vaters. Wie
er seine ganze Geschichte dem darnach forschen-
den Alten treu und aufrichtig erzählt, und alle
Bewohner des Dorfes ihn freundlich und bieder
bewillkommt hatten, nahm er sich der Wirth-
schaft treulich an, und beschloß nach dem Rathe des Alten, bald eine tugendsame und züchtige Dirne heimzuführen, um in ihren Armen
vergnügt zu leben, des geduldeten Ungemachs

zu vergessen, und sich seines mäßigen Glücks bis ins späteste Alter zu erfreuen.

Schon blickte er spähend unter den Dirnen des Dorfs aus dieser Absicht umher; schon erriethen die Schlauen dieselbe, und ordneten ihren Putz sorgfältiger, als seiner weidenden Herde zwey fette Bullen entliefen, und von den Hüthern in der ganzen Gegend vergebens gesucht wurden.

Entschlossen, sie nicht zu missen, zog er am andern Morgen selbst ihrer Spur nach, und drang tiefer in die damahls noch sehr öden Berge und Thäler. Immer erblickte er ihre Tritte, aber nirgends traf er sie selbst; den ganzen langen Tag lockten sie ihn abwärts, und führten ihn endlich bis ans Ufer der Eger.

Er folgte ihrem Laufe bis am Abende, und langte bald den Felsen gegen über an, welche bis jetzt noch seinen Nahmen führen.

Am jenseitigen Ufer erblickte er hier die Entflohnen; sie hatten sich nahe am Flusse zwischen den Steinen gelagert: rasch durchwadete er den dort nicht allzu tiefen Fluß, lagerte sich müde und matt neben ihnen, und beschloß, sie erst am folgenden Tage nach seiner Heimath zu bringen.

Der Schlaf bemächtigte sich bald seiner Sinne, aber er genoß ihn nicht lange: ein

ſtarkes Geräuſch weckte ihn, und wie er ſeine
Augen öffnete, da ſträubte ſich ſein Haar un-
willkührlich; da zitterte und bebte er gleich den
Aeſten der Bäume, in welchen eben ein kühler
Nachtwind ſäuſelte.

Viertes Capitel.

Hans ſtarrte nach der Gegend, aus welcher
das ſeltne Geräuſch ertönte. Noch konnte er
nichts unterſcheiden; aber bald ſchwand Nacht
und Dunkelheit, und ein ſtarkes Licht erhellte
die ganze Gegend. Wie er eben den Urſprung
deſſelben ſuchen wollte, öffnete ſich einer der
mächtigſten Felſen, welche unfern ſeiner Lager-
ſtätte lagen. Leichenmuſik ertönte furchtbar und
vernehmlich. Hans wollte entfliehen, aber er
vermochte es nicht: Angſt und Schrecken feſſel-
ten ihn am Boden. Geſtalten in mancherley
Größe und Form, die zwar Menſchen ähnlich
ſahen, von dieſen aber doch ganz unterſchieden
waren, beſchäftigten ſein ſtarres Auge, ſeine

jagende Seele. Sie flatterten und wallten in
der Höhe und Tiefe, auf der Erde und im
Wasser nach der Thüre, welche sich in der Fel-
senwand geöffnet hatte. Erst, als sie in ge-
drängten Reihen von da auszogen, konnte
sein Auge sie fassen, und ihre verschiednen
und wunderbaren Gestalten unterscheiden. Ich
will versuchen, zu schildern, was er sah und
hörte.

Ein schrecklicher Knall, der dem stärksten
Donner glich, und ihn doch an Dauer und
Stärke noch weit übertraf, verkündigte den Anfang des Zugs; es ward noch heller in der
ganzen Gegend, und der zitternde Hans konnte
jedes einzelne Sandkorn am Boden unterscheiden. Die Bullen, welche unfern von ihm lagerten, zitterten gleich ihm, und waren ebenfalls nicht fähig, die Flucht zu ergreifen. Da
Hans unwillkührlich nach Schutz und Hülfe rang,
so kroch er zwischen beyde, und suchte sich hinter
ihren festen Rücken zu verbergen; sie witter-
ten Menschengegenwart, schmiegten ihre Köpfe
an seinen Körper, und schloßen ihr großes
Auge, um nicht länger die ihnen so schreck-
baren Dinge anstarren zu müssen. Hans wäre gerne ihrem Beyspiel gefolgt: aber seine
nach Begriff und Aufklärung ringende Seele

zwang das schüchterne Auge, sich aufs neue zu
öffnen.

Kleine Panniere und Fähnlein, die an
Höhe kaum die gewöhnliche Größe eines Knaben erreichten, wallten nun aus der Höhle gegen ihn aufwärts; sie wurden von noch kleinern
Gestalten getragen, die oft nur eine Spanne
groß waren. Er unterschied unter ihnen deutlich Mädchen und Knaben; denn sie waren mit
den beyde Geschlechter characterisirenden Kleidern angethan. Ihre so außerordentliche kleine
Gestalt erregte sein Erstaunen, welches sich
bald noch stärker mehrte, als er dicht über diesen wandelnden Zwergleins eben so kleine, aber
fliegende Gestalten erblickte, die mit ihren kleinen ausgebreiteten Flügeln in der Luft schweb-
ten, und doch auch eine wallende Reihe bildeten. Auch ihre Gestalt war ganz dem Menschen ähnlich; aber sie glich doch nur einem
luftigen Wesen, das eigentlich kein Körper zu
seyn schien, weil er ganz durchsichtig war, und
Hansens Auge nicht hinderte, andere Dinge zu
sehen, die doch ihr Rücken deckte.

Es plätscherte im nahen Flusse; sein Auge
wandte sich dahin, und erblickte auf den rollen-
den Fluthen desselben ebenfalls eine wandelnde
Reihe, welche aus einem Wirbel, den der Fluß
am Felsen bildete, empor stieg, nur mit halbem

Leibe aus dem Waſſer ragte, von dieſem trief-
te, aber dem Menſchen an Größe und Geſtalt
ganz gleich war.

Wie er noch nach dieſen hinſtarrte, ward die
ganze Gegend durch einen neuen Knall erſchüt-
tert; es rauſchte über ſeinem Haupte; ſein
Auge blickte zagend in die Höhe, und ſah große
Feuerflammen aus der Spitze eines benachbar-
ten Felſens empor ſteigen. Bald wandelte aus
dieſen Flammen eine neue Reihe von Geſtalten
in die Tiefe herab, welche ſein unnennbares
Erſtaunen in noch höherm Grade mehrten, und
wegen ihrer höchſt wunderbaren Geſtalt ihm
unbegreiflich ſchienen. Die Glieder dieſes Zugs
waren gleich Menſchen geſtaltet; ſie wandelten
gleich dieſen, aber ihr ganzer Körper ſchien aus
glänzendem Feuerſtoffe geformt, der nicht loberte,
ſondern nur hell glühte, und auf dieſe Art eine
feſte Maſſe bildete, die ſich bewegen und wandeln konnte.

Die vier verſchiedenen Prozeſſionen oder Reihen zogen von entgegen geſetzten Orten nach einem Ziele. In jeder Reihe gingen die den kleinen
Kindern ähnlichen Geſtalten voran, und dieſen
folgten Jünglinge und Dirnen, Männer und
Weiber, aber keine Greiſe, nicht einmahl Alte,
denn alle ſchienen in voller Kraft zu leben und
zu weben. Schwarzer Trauerflor wehte an den

Fähnleins, welche die Kinder trugen; schwarz
war die Kleidung der Zwerglein, und der Ge=
stalten, welche im Wasser wanderten; schwar=
zes aber doch ganz durchsichtiges Zeug umwehte
die Luft= und Feuergestalten. Eine Musik, die
bey all seinem Staunen und Schrecken Han=
sens Ohr entzückte, bald wie Wasser rauschte,
wie Wind säuselte, bald wieder wie Feuer kni=
sterte, oder gleich dem Donner rollte, verkün=
digte Trauer; denn sie schmelzte oft in klagen=
de, Herz und Sinne angreifende Töne zusam=
men: aber die Bewegung, das Gesicht aller
Gestalten schien nicht Trauer, sondern Jubel
und Freude auszudrücken, denn sie hüpften oft
tanzend und schwebend, lächelten fröhlich und
wonnevoll.

Wie alle sich um einen einzelnen hohen Fel=
sen im bunten Gemische gereiht hatten, rausch=
te, sauste, prasselte und rollte die vorher so
schmelzende Musik mit ein Mahl schrecklich und
fürchterlich. Die Erde bebte, die Luft wehte,
das Wasser wogte, und die Flammen des Fel=
sens wüthenten. Aus der Höhle, welche sich
zuerst im Felsen geöffnet hatte, wallte ein Sarg
hervor; er ward von einem Zwerge, von einer
Wasser= Feuer= und Luftgestalt getragen. Die
drey letztern glichen an Gestalt einem Riesen,
und der kleine Zwerg trug eine Art Krücke in

der Hand, mit welcher er die Stange des
Sarges, welche er tragen sollte, aber ihrer
Höhe wegen nicht fassen konnte, unterstützte.
Alle viere waren prachtvoll gekleidet, und trugen auf ihrem Haupte eine glänzende Krone.
Der Sarg ward nahe an der Stätte vorüber
getragen, auf welcher Hans in Furcht und Angst
schmachtete: ihm folgte ein schon altes Weib,
vier Jünglinge und vier Dirnen. Alle waren
gleich den gewöhnlichen Menschen gebildet, und
mit schwarzen Trauerkleidern angethan. Das
alte Weib jammerte schrecklich; die Dirnen
rangen trostlos die schönen Hände; über der
Jünglinge Wangen rollten große Thränentro-
pfen herab, aber sie schritten standhaft fort.
Auf dem Sarge, den ein Gold- und Silberstoff
deckte, lag ein großes Buch, dessen Deckel ebenfalls mit Silber und Gold überzogen war;
an seinem Rande glänzten bunte Edelsteine, und
vier große Siegel, in goldne Schalen ge-
drückt, hingen an diesem und über den Sarg
herab.

Der klagende Ton des Weibes und der
schönen Dirnen traf Hansens Herz; er fühlte
ihren Jammer tief; seine Furcht schwand; es
war ihm, als ob er hervor springen, und Retter, Schützer und Tröster der Unglücklichen
werden sollte, und nur der Beweis der Ver-

nunft, daß er gegen so viele tausend Geister
nicht kämpfen könne, unterdrückte seinen kühnen
Vorsatz. Wie aber der Sarg im Kreise der
Geister anlangte, und das Jammergeschrey der
Trauernden aufs neue zu seinem Ohre drang,
und er deutlich hörte, daß die Dirnen nach
Rettung um Hülfe rufen, da ward sein Muth
lebend und bleibend; er sprang empor, riß mit
Stärke eine junge Fichte, die zwischen den Felsen grünte, sammt den Wurzeln heraus, legte
sie auf seine breite Schulter, und näherte sich
kühn dem dicht geschloßnen Kreise.

Neues Zagen fesselte hier seine kühnen
Schritte; er wankte, und lehnte sich an ein
Felsenstück. Der Sarg stand in des Kreises Mitte; die Träger desselben entblößten ihre Schwerter, jeder desselben hieb mit Kraft und Macht
ein Siegel des Buches entzwey, und immer
jubelte die ganze Menge, wenn die Stücke desselben an den Felsen umher klirrten. Nur das
Weib sammt ihren Söhnen und Töchtern, welche den Sarg klagend umgaben, jammerte laut
in diesen allgemeinen Jubel; und wie das
letzte der Siegel sprang, da sank sie ohnmächtig
am Sarge nieder, da stützten die Dirnen sich
jammernd auf der Jünglinge Schulter, da wank-
ten diese erschüttert unter ihrer Last. ✦

Der Zwerg, (welcher das letzte Siegel mit seinem Schwerte löste.) Die Bande sind gelöst!

Die ganze Menge. Und wir befreyt vom Joche der Sterblichen!

Die gekrönte Feuergestalt. Seine List mißlang.

Die gekrönte Luftgestalt. Unsterbliche werden euch wieder regieren.

Die gekrönte Wassergestalt. Die Knechtschaft endet; die Freyheit beginnt.

Die Menge. Hurra! Hurra! Wallah! Walha! Lest! Lest!

Die Feuergestalt, (ergreift das Buch und öffnet es.) Hört! Hört! (Lesend) Vier tausend Mahl waren die Schalen der Siegel in den Flammen des reinsten Aethers gehärtet, vier tausend Mahl im Thaue des Himmels gewaschen, vier tausend Mahl in der feinsten Luft getrocknet, und vier tausend Mahl mit dem feinsten Staube der Erde gereinigt; nur ein Schwert, das eben so oft gehärtet, gewaschen, getrocknet und gereinigt ist, kann diese Schalen sprengen, und nur derjenige kann und wird über euch herrschen, der die Siegel auf diese Art gelöst hat.

: Die ganze Menge. Triumph! Triumph! Ihr seyd nun unsre Regenten, und nie ein Sterblicher mehr.

Viele aus der Menge. Befestigt die Kronen auf euern Häuptern; sie werden nie mehr wanken! Wir huldigen euch mit Freuden!

Andere, (welche sich näher zu den gekrönten Gestalten drängen.) Wie ward euch im Dienste der Knechtschaft dieß herrliche Schwert? Wie konntet ihr, da euer Wille, eure Macht so ganz gefesselt war, es mit so herrlichen Eigenschaften begaben?

Die gekrönte Luftgestalt. Wo Gewalt nicht Sieger werden kann, muß die List den Kampf beginnen. Ihr wißt, und klagtet oft, wenn ihrs faht, wie der alte Tyrann uns an eherne Fesseln schmiedete, und durch des unüberwindlichen Schicksals Macht zu seinem unumschränkten Willen zwang. Er geboth uns, damit wir euch gebiethen mußten, und ihr mußtet gleich uns gehorchen. Unter tausend knechtischen Arbeiten, die wir verrichten mußten, zwang er uns auch, die Schalen der Siegel zu bereiten, und arbeitete indeß eben so emsig in der Geheimnißhöhle, welcher wir uns nie nahen konnten. Als wir zähnknirschend und doch gebückt die bereiteten Schalen zu seinen Füßen

legten, sandte er uns nach der Höhle der
Blindheit und Taubheit, und verschloß die Thüre derselben mit eigner Hand. Dieß that er
stets, wenn er eine geheime Handlung verrichten wollte, weil wir in dieser furchtbaren Höhle nicht sehen noch hören konnten. Aber dieß
Mahl siegte die Allgewalt des versöhnten Schicksals; es sandte einen treuen Diener, den Zu-
fall, zu unsrer Hülfe und Rettung. Kurz zuvor
hatte der sterbliche Tyrann ein schreckliches
Erdbeben erregt, um Tausende seiner Mitbrü-
der im geöffneten Schlunde der Erde zu begra-
ben, weil einer derselben ihn beleidigt hatte:
im unmäßigen Zorne, der ihn darob ergriff,
hatte er die Kräfte und Wirkung des Erdbebens
nicht bestimmt; erst, als selbst die Felsen über
seinem Haupte erbebten, geboth er der schrecklichen Wirkung Stillstand, und bemerkte nicht,
daß die Decke des mistischen Gewölbes, in welches
er uns sperrte, einen Sprung erhalten hatte. Die
Wirkung war dadurch geschwächt; mein immer
forschendes Auge erblickte den Riß, und mein
Flügel hob mich zu ihm empor. Ich konnte sehen und hören, wie der Alte seine vier Söhne
um sich her versammelte, das Buch des Schicksals aufschlug, und ihnen daraus kund machte,
daß nur derjenige über uns herrschen und regieren könne, welcher die Siegelschalen, die wir

bereiten mußten, mit dem einzigen Hiebe eines
Schwertes sprengen könne, das, um diese
Kraft zu haben, auf ähnliche Art zubereitet
seyn müsse. Er ergriff nun vier Schwerter,
welche er uns zum Hohne in der Geheimnißhöhle selbst verfertigt hatte, und theilte sie,
nebst der Herrschaft über uns, unter diese vier
elenden Buben. So lange ich lebe, sprach er,
kann weder ein Sterblicher noch ein Unsterbli-
cher euch dieses Schwert rauben; aber wenn
die Stunde meines Todes naht, und mein Leben
endet, so gürtet es schnell um eure Hüfte; denn
nur dann erst, wenn ihr die Siegel auf meinem Sarge, den man zu Grabe trägt, mit
euerm Schwerte zerschmettert, beginnt eure
Herrschaft über die vier Elemente und ihre sie
belebenden Geister: doch können und werden sie
euch nicht schaden, wenn eure Hüfte mit dem
Schwerte bewaffnet ist. Seyd daher vorsichtig
und klug, damit euch die Herrschaft, welche
eure Vorahnen durch so kühne und schwere Thaten errungen haben, nicht geraubt werde, und
ihr, indem ich euch glücklich zu machen suche,
nicht einst an meinem Sarge bluten müßt.
Mein Ende ist nicht mehr fern; der stärkende
Saft aller Heilkräuter der ganzen Erde vermag
meinen schwachen Körper nicht mehr zu nähren
und zu beleben. Ich habe länger als hundert

Jahre den Gesetzen der Natur getrotzt; ich muß meinen Nacken endlich unter ihr eisernes Joch schmiegen.

Ich hörte diese merkwürdige Rede mit größtem Vergnügen, entdeckte sie den Gefährten meines Elends, und wir gelobten und beschlossen, sie nach Kräften zu nützen. Um die elenden Menschenbuben sicherer zu machen, und ihre mögliche Vorsicht zu schwächen, hüllten wir uns in das Gewand der Häucheley und Verstellung. Vorher erfüllten wir nur ihre Befehle mit Murren; jetzt kamen wir ihren kühnsten Wünschen mit Eifer zuvor: wir nannten sie unsere künftigen Regenten, flehten knechtisch um ihre künftige Gunst, und erstickten auf diese Art jeden Argwohn in ihren leichtgläubigen Herzen. Der klügere Alte warnte sie zwar immer; aber sie spotteten seiner zu ängstlichen Sorgfalt, und waren oft dumm genug, uns seine weisen Lehren wieder zu erzählen. Als er nun endlich mit dem Tode rang, und seine Kinder weinend an seinem Lager standen, da harrten wir mit banger Sehnsucht, mit überirdischem Verlangen seines letzten Athemzugs. Begürtet eure Hüften mit dem Schwerte der Rettung! lispelte er leise und verschied. Aber da die weichherzigen Knaben dem Todten noch unnöthige Thränen opferten, seinen Beystand und Hülfe

Hülfe auch jenseits erflehten, so gewannen wir Zeit, die nun schwachen Fesseln abzustreifen, und schneller, als der Blick und Gedanke des Sterblichen und Unsterblichen, nach dem Gemache der Knaben zu eilen. Die mistischen Schwerter hingen an ihren Lagern; wir umgürteten damit unsere Hüften, und traten trotzend und hohnlachend in ihre Mitte. Sie bebten und zitterten, bathen und flehten, klagten und heulten; aber wir drückten das Schwert an uns, verkündigten euch Heil und Sieg, und sammelten euch in schnellster Eile, um dem verstorbnen Tyrannen den letzten gezwungnen Dienst zu erweisen, und ihn nach dem Grabe seiner herrschsüchtigen Vorahnen zu tragen.

Die ganze Menge. Triumph! Triumph! Wir sind erlöst!

Einige. Wir werden dem trugvollen Menschengeschlecht nie mehr dienen!

Andre. Es nun nach Gefallen necken und quälen dürfen!

Alle unter einander. Wir können donnern und blitzen! Erdbeben erregen! In Strömen uns über sie ergießen! In Stürmen sausen und brausen!

Wie dieß gewaltige Geschrey endete, verlosch mit ein Mahl das helle Licht, welches die ganze Gegend erleuchtete. Dunkle, undurchbring-

Erster Theil.　F

liche Wolken bedeckten die zahllosen Sterne, welche kurz zuvor an der Feste des Himmels funkelten. Einige Augenblicke herrschte öde, tiefe Stille im vollen Kreise der versammelten Geister und in der übrigen Gegend; aber bald hernach stürmte und tobte es fürchterlich; die Erde zitterte; die Felsen bebten; der Fluß schäumte; alles verkündigte nahe Vernichtung.

Der muthvolle Hans sank zwischen den Felsen nieder, die über ihm gleich Wasserwellen wogten. Lichtstrahlen, so hell und klar, wie sie sein Auge kaum zu ertragen vermochte, schoßen jetzt aus den dunklen Wolken auf die Versammlung herab; Hans konnte deutlich sehen, wie alle Glieder derselben demüthig und anbethend niedersanken, und sich am Boden schmiegten. Nur einer der Gekrönten sprach: Die Allgewalt naht; hört ihren Willen und verehrt ihn!

Kaum hatte er diese Worte ausgesprochen, als eine fürchterlich tönende Stimme aus den Wolken herab erscholl: Wie ihr im kühnen Wahn und Dünkel, sprach sie, euch über die Schranken eurer Macht erhobt, meine Erschaffnen als eure Sclaven betrachtet, und sie nach Willkühr quältet, da öffnete ich im gerechten Zorne das Buch eures Schicksals, und schrieb mit dem ehernen Griffel desselben folgendes Ur-

theil hinein: Sie wollten unumschränkt über die
Sterblichen herrschen; aber sie sollen erfahren,
wie sehr herrschsüchtiger Eigendünkel schmerzt,
den kein Gesetz bindet, keine Macht Schranken
setzt. Vier Sterbliche sollen sie nach eigner Willkühr regieren, ihre Fürsten in Fesseln schmie-
den, und sie bis zum Knechte erniedrigen. Dieß
sey der Lohn ihres stolzen Wahnes, dieß die
Strafe ihres vermeßnen Dünkels! — Glaubt
ihr, fuhr nun die Stimme fürchterlich fragend
fort, daß das Urtheil der Allgewalt vernichtet
werden könne? Wähnt ihr noch immer, daß
man sie überlisten und ihr trotzen könne? Drey
eurer Regenten gingen heim, und verwandelten
sich in Staub; aus diesen muß der vierte entstehen, und das unveränderliche Urtheil an euch
erfüllen.

Einer der Gekrönten. Wir verehren
dein weises Urtheil; aber wir flehen, daß deine eben so unwandelbare Gerechtigkeit unsere
Bitte höre.

Die Stimme. Ich höre.

Der Gekrönte. Als deine rächende
Hand das sonst offne Buch unsers Schicksals
vor unserm Blicke schloß, da sprachst du, daß
nur dann unsre Freyheit wiederkehren werde,
wenn es offen vor diesem liegen würde. Ist es
jetzt nicht geöffnet? Haben wir nicht darinne

die einzige Bedingung gelesen, unter welcher es sich öffnen kann? Ist diese nicht von uns erfüllt? Kann dein ewig wahrer Mund wiederrufen, was er vorher gelobt?

Die Stimme. Kühner Geist, der du viel, aber nicht alles zu überblicken vermagst; der du tief in die Zukunft bringst, weit in die Vergangenheit rückwanderst, aber doch nicht das Unendliche von beyden erreichst! lästere nicht die Gerechtigkeit der Allgewalt, die nie ungerecht handeln kann, weil sie ganz vollkommen ist. Was deinem eingeschränkten Blicke willkührliche Tyranney scheint, ist weise Gerechtigkeit; was dir Widerspruch dünkt, wird zur klaren, einleuchtenden Wahrheit. Deine und deiner Brüder Freyheit begann, als das Buch des Schicksals vor deinem und ihrem Blicke offen lag; noch hast du aber nicht geforscht: ob sie bleibend und dauernd seyn wird? Unter welcher Bedingung sie dieses zu seyn vermag? Ich, die Allgewalt des Ganzen, sprach: Vier Sterbliche sollen sie unumschränkt beherrschen! Kann der Ausspruch der ewigen Wahrheit trügen? Leset weiter, und versuchts im Wahne eurer Stärke: ob ihr mir zu widerstehen vermögt?

Die Stimme schwieg; die hellglänzenden Lichtstrahlen flogen aufwärts; die schwarzen

Wolken schwanden; die Sterne funkelten aufs neue, und das vorige dem sterblichen Auge erträgliche Licht erleuchtete wieder die ganze Gegend. Hans fühlte wieder Muth in seinem vorher so angstvollen Herzen; er richtete sich in die Höhe, und blickte abermahls kühn in die Versammlung der Geister. Sie standen alle staunend und denkend; der kühne Freyheitsblick war ihrem Auge entschwunden; die leidtragenden Sterblichen jammerten nicht mehr; sie blickten Hülfe heischend und hoffend zu den Sternen empor.

Einer der Gekrönten. Laßt uns weiter lesen! laßt uns wenigstens versuchen: ob wir dem allzustrengen Urtheile entgehen können? Und vermögen wirs nicht; so biegt euern Nacken willig unter das letzte Joch der Sclaverey: labt euch mit der Hoffnung, daß es nicht ewig dauern kann. (Er trat zum Sarge, schlug das Buch auf, und wandte ein Blatt desselben) (lesend.) „Nur vier Sterbliche, so sprach ich in meinem gerechten Zorne, sollen die stolzen Geister der vier Elemente regieren. Wie konnte Jacob, ihr dritter Regent, es wagen, das Reich, welches ich ihm verlieh, unter seine vier Söhne zu theilen? Gleich starke Liebe zu allen führte ihn irre; aber dieser Irrwahn kann und wird mein Urtheil nicht schwä-

chen, gereicht vielmehr zur Strafe seiner Affen-
liebe. Er konnte im offnen Buche des Schicksals
lesen; nur dieß Blatt war seinem Blicke stets
verborgen. Er las, daß derjenige nur über euch
herrschen könne, welcher die Siegel des Buchs
mit seinem Schwerte öffnen werde. Hätte er
nur einem seiner Söhne dieß Schwert vertraut,
ich würde ihn zum Regenten bestätigt haben:
da er aber meinem gerechten Urtheile trotzen,
und, stolz auf die Macht, die ich ihm lieh,
euch mehr aufbürden wollte, als ich geboth, so
ist es billig und gerecht, daß keiner seiner Lieb-
linge über euch herrsche. Indem er euch schwerer drücken, und stärker fesseln wollte, erregte
er meine Barmherzigkeit; ich will sie an euch
üben, so wie ich sie, meiner ewigen Wahrheit
unbeschadet, an euch üben kann. Ihr sollt euch
selbst den vierten und letzten eurer sterblichen
Regenten wählen; ich will noch mehr thun; ihr
sollt Handlungen bestimmen können, welche er
erfüllt haben muß, ehe er euer Regent werden
kann. Ernennt dreyzehn aus eurer Mitte, wählt
die klügsten, wählt, wenn ihr euch immer noch
weise dünkt, die listigsten, damit jeder derselben eine Bedingung ersinne, welche seinem Eigendünkel nach schwer zu erfüllen ist; doch sey
es ihm untersagt, Unmöglichkeiten zu forbern.
So lange, bis die Bedingungen alle erfüllt sind,

sollt ihr euch selbst regieren können, und die
Freyheit genießen, welche der Verstorbene euch
mit ein Mahl vierfach rauben wollte."

Als der Lesende nun schwieg, erhob sich
unter der zahllosen Menge ein Gemurmel, das
bald stärker ward, und Hansens horchendes
Ohr betäubte. Alle sprachen; aber was sie sprachen, konnte Hans nicht verstehen. Endlich wards
stiller; nur Einzelne führten noch das Wort,
und viele derselben waren der Meinung, daß
man der Allgewalt nicht durch kühne Bedingung
trotzen, sondern ihr anbethend und dankbar die
Wahl des letzten Regenten überlassen, und alles ihrer weisen Leitung anheim stellen solle.
Vielleicht ist sie dann, endeten die Sprecher,
barmherzig, und verwandelt die Jahre der Sclaverey in einige Stunden.

Aber die Gekrönten widersprachen laut und
anhaltend; sie suchten zu beweisen, daß man
dann nur undankbar gegen die Allgewalt handeln werde, wenn man die Mittel, welche sie
zur Rettung darböthe, nicht benutze, und dadurch
wenigstens die so schwere und fürchtbare Sclaverey auf Jahrhunderte entferne. Schon lange,
riefen sie aus, schmachteten wir sehnsuchtsvoll
nach einigen Stunden der Freyheit. Es werden
uns jetzt Jahre gebothen, und wir wollen sie

verschmähen? Nein, Unsterbliche! seyd weiser, und nützt die Barmherzigkeit, ehe sie schwindet.

Diese Vorstellung wirkte; denn auch der Unsterbliche genießt, wie der Verfasser meines Manuscrips versichert, so gerne die Gegenwart, und achtet der Zukunft nicht. Eine weit größere Menge trat zu den Gekrönten; und wie die wenigern das volle Uebergewicht sahen, so traten sie auch hinzu, um wahrscheinlich durch eine kluge Wahl derjenigen, welche die Eigenschaften des künftigen Regenten bestimmen sollten, sich ein milderes Schicksal zu erwerben.

Die von der Allgewalt bestimmte Zahl wurde nun gewählt; unter dieser befanden sich auch die vier Gekrönten.

Der gekrönte Feuergeist trat zum Sarge, und sprach also: Unter allen Tugenden, die den Sterblichen zieren, und ihn der Unsterblichkeit würdig machen, übte der Verstorbne nur eine einzige derselben, Treue gegen sein geliebtes Weib. Von der Stunde an, als er sie zu seiner Gattinn erkohr, und aus der weiten Ferne in unsre Mitte führte, hing er gleich einer Klette an ihr. Keine Schönheit reizte seine Sinne; keine fremden Vorzüge machten Eindruck auf sein Herz. Oft suchte ich aus gerechter Rachsucht diese glückliche Ehe zu stören, und führte die seltensten Schönheiten des ganzen Erdbodens seinem Blicke entgegen; aber er ging gleichgültig vorüber, und hing mit immer gleicher Treue an seinem Weibe. Es ist daher höchst unwahrscheinlich, aber doch nicht unmöglich, daß er, dieser Beweise ungeachtet, die anscheinende Treue brach, ingeheim mit einer schönen Dirne buhlte, und einen Sohn mit ihr zeugte. Ich heische also keine Unmöglichkeit, wenn ichs, Kraft der Macht, welche mir die Allgewalt lieh, zur festen und unverbrüchlichen Bedingniß mache, daß nur dieser Sohn, nur ein Bastard seiner Lenden, unser vierter und letzter Regent werden könne.

Alle (triumphirend und jauchzend) O herrlich! O schön! O dann werden wir ewige Freyheit genießen!

Eine Nymphe, (welche sich plätschernd aus den Fluthen empor hob, und schnell durch die Versammlung in der Geister Mitte brang.) Jubelt nicht zu früh! Das Gefühl meiner ehemahligen jungfräulichen Scham regt sich zwar noch in mir, und widersteht dem Bekenntnisse, das ich leisten will; aber das allgemeine Wohl heischts, und ich gehorche diesem. — Als ich einst, blühend und schön, wie ihr mich jetzt noch seht, ohne Nebel und Kleid in der einsamsten Gegend meines Flusses aus schattige Ufer stieg, mich

unter dem Schatten einer Ulme lagerte, und
künftiges Glück in den Armen eines Unsterblichen
träumte, da hörte ich Geräusch hinter mir, und
erblickte den verstorbenen Regenten. Ich wollte
mich schnell in den Fluß senken; aber er winkte, und ich mußte bleiben. Anfangs lachte er
über die fruchtlose Bemühung, mich unter dem
sparsam umhergestreuten Laube zu verbergen;
bald lagerte er sich aber neben mich, und ich
mußte dulden, weil ich seiner Macht nicht widerstehen konnte. Wie ich endlich seinem starken Arme entschlüpfte, und laut jammerte und
heulte, da schloß er stracks meinen Mund, und
führte mich mit gewaltiger Hand nach einer nahen Höhle, aus welcher eine Quelle in meinen
Fluß herab rieselte. Ihre Oeffnung schloß sich,
wie er mich verließ, und ich mußte dort, unge-
sehen von allen Unsterblichen, bis zu Ende des
neunten Mondens harren. Eben, wie ich die
Frucht seiner Umarmung, einen Sohn, gebar,
und nach so langen Leiden zum ersten Mahl die
Freuden einer Mutter fühlte, da trat der Grau-
same in meine einsame Höhle, entriß das Kind
meinem schwachen Arme, und entschwand mit
diesem meinem Blicke. Die Höhle blieb geöffnet; ich konnte wieder nach meinem Flusse wandern, und mich in seinen Fluthen baden; aber
das Vermögen, mein Leiden irgend einer mei-

ner Freundinnen zu klagen, oder es im Schooße
meiner Mutter, wie ehemahls, auszuschütten,
mangelte mir; ich konnte sprechen, was ich wollte; aber wenn ich nur den Nahmen des Frev-
lers aussprechen wollte, da erstarrte meine Zunge, und ich mußte wider Willen schweigen. Selbst
jetzt, als ich den Anfang deiner Bedingung hörte, als ich die Folge derselben errieth, und sie
ungeachtet der Regung des mütterlichen Herzens
hindern wollte, vermochte ichs noch nicht; nur
als sie ausgesprochen und vollendet war, lösten
sich die ehernen Bande meiner Zunge, und ich
konnte erzählen, was ihr vernahmt.

Alle. Weh! Weh! Weh!

Viele. Wir hätten nicht durch kühne Bedingung trotzen, und uns der Allgewalt unbe-
dingt unterwerfen sollen.

Der Gekrönte. Ihr klagt und jam-
mert zu früh! Noch ist bey weitem nicht alles,
nur das Daseyn eines Sohnes, nicht sein noch
immer dauerndes Leben erwiesen. Mir wirds
einleuchtend und klar, daß ihn der schwache Augenblick seiner Sinne kränkte, daß er den Beweis dieser Schwachheit um deßwillen aus der
Mutter Schooß riß, um ihn auf immer vernichten zu können.

Andre. Aber wenn er noch lebte, wäre
dann deine Bedingung nicht Verlängerung uns-

rer Sclaverey? Er lag und keimte in dem Schooße einer Unsterblichen; er ward von ihr neun Monden lang genährt. Diese stärkende, belebende Nahrung muß wenigstens sein Leben, und folglich auch unser Leiben um ein ganzes Jahrhundert verlängern.

Andre. O hättest du diese Bedingung nie gemacht!

Andre. Dich weniger weise und klug geachtet!

Der Gekrönte. Seyd ihr Unsterbliche? Seyd ihrs? Warum erniedrigt ihr euch durch unnütze Klagen tief unter den schwachen Menschen, der oft sein unvermeidliches, bitteres Loos mit Standhaftigkeit erträgt? Schweigt, und hindert die übrigen Erwählten nicht, die nützliche Entdeckung zu fassen und zu nützen. (Zur Nymphe) Habe Dank, Schwester, daß du die That sogleich gestandest, als Entdeckung derselben möglich war. Deine weisen Brüder werden sie nützen, und Bedingungen ersinnen, welche schwerer als die meinigen, zu erfüllen sind. (Zu den Erwählten) Rüstet eure unsterblichen Kräfte, und gebraucht sie zur Rettung, wenigstens Entfernung des drohenden Uebels.

Der gekrönte Wassergeist. Ich wills versuchen, was meine Kraft vermag; ich will Widersprüche ersinnen, und sie doch in die Reihe der Möglichkeit ordnen. Bestimmte er den Knaben zum Leben; vernichtete er nicht den Beweis seiner Untreue gegen ein so heiß geliebtes Weib, so legte er ihn wahrscheinlich in die Arme einer säugenden Mutter: aber nur Brüste von Stein sollen dem Mann, welcher uns beherrschen wird, die erste Nahrung gereicht haben.

Der gekrönte Zwerg. Was fruchtet anscheinender Widerspruch, wenn die Allgewalt wirken will, wirken muß? Ich will die Erlaubniß, welche sie mir gönnte, besser nützen, und eine Bedingung heischen, die uns allen gleich nützlich seyn kann. Nur derjenige herrscht sanft und milde, welcher vorher in Noth und Elend, in tiefer Unterwerfung lebte. Ich fordere daher, daß ein Leibeigner des Kindes Pflegevater seyn mußte.

Einer der Erwählten. Feiger! deine Gesinnungen sind eben so zwerghaft, als deine Gestalt. Soll der Auswurf, der schlechteste, roheste Theil der Menschen uns regieren? Sollen wir künftig nur Leibeigenen dienen, wenn er selbst ein Leibeigner war? Ich will deine elende Bedingung anders ordnen. Der Knabe soll das Mitleid des Leibeigenen in der ersten Stunde mit Schande lohnen; und doch soll die se Schande die Ursache seyn, daß eine Fürstinn der Menschen seine Pflegmutter wird, und ihn zärtlich in ihrem Schooße wiegt.

Ein Anbrer. Ich will ihm dieses Glück nicht rauben; denn ich fühlte es bisher im Stande der Sclaverey nur allzu deutlich, daß der Verstand und das Herz eines Menschen, der regieren soll, gebildet seyn muß, wenn er gut regieren soll: aber ich kann auch eben so wenig den Wunsch des Oberhauptes der Erdgeister mißbilligen. Reine, einleuchtende Wahrheit ists, daß nur derjenige gütig und sanft regiert, welcher vorher fühlte, wie tief, wie innig die Knechtschaft schmerzt; wie weh es thut, wenn man nur Winke und Launen, nicht beglückende Thaten erfüllen muß. Der Knabe soll daher fürstlich erzogen werden, und all die Kenntnisse fassen und begreifen, welche einen guten Fürsten der Menschen zieren; aber wenn er zum Jünglinge reift, soll seine Knechtschaft und Dienstbarkeit aufs neue beginnen; er soll der Geringste unter seinen Mitbrüdern bleiben, damit er den Unterschied um so lebhafter fühle, und nur das vier und zwanzigste Jahr seines Alters soll ihn aus der Dienstbarkeiten befreyen.

Ein Anbrer. Weise und wohl gesprochen! Euer Eigendünkel kann und wird das Urtheil der Allgewalt nicht schwächen. Benutzt

ihre Güte; aber widerstrebt nicht ihrem un=
veränderlichen Willen. Sie ließ mir die Macht,
von unserm künftigen Regenten eine Bedingung
zu fordern; ich will dem Beyspiele meines Vor=
gängers folgen, nicht schwere Bedingungen, nur
schwere Tugenden von ihm fordern. Er soll Räu=
bern dienen, und gehorchen müssen, soll tägli=
chen Raub und Mord üben sehen, und doch we=
der Raub noch Mord begehen.

Ein Anderer. Wollust entnervt die ed=
len Säfte des Sterblichen, macht ihn schwach
und feig. Keusch und rein soll daher unser künf=
tiger Regent einst in unsrer Mitte erscheinen,
seine Hand noch nie frevelhaft in den Busen ei=
ner Dirne getaucht, noch nie mit unreinen Lip=
pen den Mund derselben berührt haben.

Einer der Gekrönten. Ha! meine
schwindende Hoffnung mehrt sich wieder. Ohne
daß ihr feigherzigen Thoren es wähnt, fordert
und heischt ihr Dinge, welche nahe an Unmög=
lichkeiten gränzen. Wo ist der Sterbliche zu
finden, welcher täglich rauben und morden sieht,
nicht ein gleiches thut, oder zu thun gezwungen
wird? Mein Blick, dem sich nach so langen Jah=
ren die Zukunft und Vergangenheit im Stande
der Freyheit wieder enthüllt, sucht vergebens
einen mannbaren Jüngling, dessen Lippen noch
nie den Mund einer Dirne berührten. Fahrt fer=

net so fort, und ihr werdet nützen, indem ihr
uns zu schaden glaubt!

Ein anderer der Erwählten. Ihr
mißkennt unsre Absicht: wir sehen ein, daß wir
der vierten und letzten Sclaverey eben so wenig, wie den vorhergehenden, entrinnen können, und wollen sie daher, indem wir gute Eigenschaften von unserm Regenten fordern, nur
mäßigen. Ich will mein Scherflein willig zu
dieser edlen Absicht beytragen. Unser künftiger
Regent soll, ehe er in unsrer Mitte erscheint,
nie Rache an denen, die ihn beleidigten, geübt haben, und seinem stärksten und heftigsten
Feind nicht allein großmüthig verzeihen, sondern ihm auch, wenn sich Gelegenheit darbie-
thet, ohne Eigennutz den größten Liebesdienst
erweisen.

Einer der Gekrönten. Triumph!
Triumph! Du hast den Sieg errungen; dir
gebühret Lohn; dir soll er auch in der Folge
werden: kein Sterblicher wird eine so göttli-
che That zu üben vermögen. Herbey, ihr übrigen Erwählten! Heischt eben so wacker! ich
will bis ans Ende harren, und dann auch noch
eine Bedingung fordern, die meinem Erfindungs-
vermögen Ehre machen soll.

Einer der Erwählten. Geitz und
Begierde nach Reichthum und Schätzen ist ein
ver-

verabscheuungswürdiges Laster der Sterblichen; unsern Regenten soll es nicht beflecken; er soll Gelegenheit finden, sich wacker bereichern zu können, und soll sie nicht nützen, soll den rechtmäßig erworbnen Pfennig höher schätzen, als tausend Goldstücke, welche ihm die Gelegenheit biethet.

Ein Anderer. Oft mußten wir Ketten tragen, und fühlten die Schwere derselben mit stärkstem Widerwillen. Der neue Regent soll Neigung haben, zu lösen aber nicht zu binden. In seinem vier und zwanzigsten Jahr soll er, wenn er anders uns regieren will, auch die Fesseln von vier und zwanzig Sterblichen, welche ein Tyrann an ihren Körper schmiedete, gelöst haben.

Ein Anderer. Du forderst viel, aber noch nicht genug: er soll diese Fesseln nicht aus Habsucht, nicht aus Hoffnung einer Belohnung gelöst haben, muß diese, wenn man sie ihm auch biethet, großmüthig ausschlagen.

Der gekrönte Luftgeist. Ich harrte aus Absicht bis ans Ende, um wenigstens, wenn die Zaghaften allzu leichte Bedingungen heischten, noch eine schwere hinzufügen zu können; aber sie haben, wahrscheinlich von der barmherzigen Allgewalt geleitet, äußerst viel gefordert; mich lüstet den seltnen Sterblichen zu sehen, der dieß alles zu verrichten im Stande war. Will er unser Regent werden, so muß er, nicht durch Wunder, sondern durch natürliche Folge der Dinge geleitet, wenn ich meine Rede geendet habe, stracks in unsrer Mitte erscheinen, muß Muth haben, sich der strengsten Prüfung zu unterwerfen, soll unsre Huldigung empfangen, wenn er bewährt befunden wird, soll des schmählichsten Todes sterben, wenn er nur die kleinste derselben nicht erfüllt hat. Gewißheit seines Unglücks ist besser, als immer daurende Furcht und angstvolle Hoffnung. Dieß ist der Wahlspruch, den ich faßte, als ihr mich wähltet. (Sich abwechselnd nach Ost und West, nach Nord und Süden wendend) Erscheine! Erscheine! Erscheine! Erscheine!

(Tiefe Stille herrscht in der Versammlung; endlich beginnt ein frohes Gemurmel, welches bald in tobendes Freudengeschrey ausbricht.)

Viele Stimmen. Er erscheint nicht.

Mehrere. Triumph! Triumph! Wir sind frey.

Alle. Hurra! Hurra! Wallah! Walha!

(Es raschelt im Gestrippe; das Freudengeschrey sinkt; man hört

Tritte; die Rufenden verstummen; Hans drängt sich voll Muth in die Versammlung.)

Hans. Hier bin ich! Richtet nach Wohlgefallen!

(Alle standen und staunten gleich leblosen Geschöpfen; nur die Leidtragenden nahten sich ihm flehend und bittend.)

Die Söhne und Töchter. (Leise) Bist du unser Bruder, so rette uns!

Die Witwe. Bist du der Sohn meines mir ewig unvergeßlichen Gatten, so entferne die schmähliche Todesgefahr vom Haupte seines treuen Weibes.

Hans (voll Wärme) Seyd ruhig! Die erste Wirkung meiner Gewalt soll eure Rettung vollenden.

Die Gekrönten, (indem sie sich Hansen nahen) Kühner Sterblicher!

Hans. Noch kühnere Geister! wagt ihrs mit eurem künftigen Regenten in solchem Tone zu sprechen?

Einer derselben. Noch bist du es nicht; noch gebührt uns das Richteramt.

Hans. So vollziehts; ich harre dessen mit Ungeduld!

Einer, (auf den Sarg des Todten
zeigend.) Bist du sein Sohn? Hat diese
Nymphe dich geboren?

Hans. Sie mags entscheiden; diesen einzigen Umstand kann ich nicht bestimmen.

Der Gekrönte, (zur Nymphe.)
Verkündige Wahrheit!

Die Nymphe. Soll ich der Regung
meines klopfenden Herzens trauen, so ist ers,
der längst Gewünschte, längst Erslehte; aber
ich will streng gegen diese Regung handeln,
und stärkere Beweise fordern. Als ich den Ge-
bornen in die Quelle meiner Höhle tauchen, ihn
fähig machen wollte, daß er, gleich mir, im
Wasser wohnen und leben könne, da öffnete der
Räuber meiner Unschuld die Thüre der Höhle,
und hinderte mein Vorhaben; aber er konnte
es doch nicht hindern, daß ich den kleinsten meiner Finger ins Wasser tauchte, und mit diesem
an seinem rechten Arme herabfuhr, um wenigstens diesen gegen die Gewalt des Wassers zu
stärken. Das mit aller Kraft, die ich vermochte, begabte Wasser zog eine tiefe Furche in das
weiche Fleisch des jungen Armes; sie kann noch
nicht geschwunden seyn: und vermag er sie, auf-
zuzeigen, so ist er mein Sohn, so werde ich ihn
als diesen umarmen.

Hans, (entblößt seinen rechten Arm.) Urtheilt, ob sie wahr sprach!

Die Gekrönten, (zur Nymphe.) Urtheile du!

Die Nymphe. Seht ihr die Furche, wie sie sich gleich einem Flusse an seinem Arme herabschlängelt? Ah, mein Herz — O ich kann nicht länger widerstehen! Das Gefühl ist zu süß, süßer, als Unsterblichkeit. (Ihn umarmend) Mein Sohn! Mein Sohn!

Hans. Mutter! (Tief gerührt) Mutter! Mutter! Zum ersten Mahle hörst du diesen Nahmen! Zum ersten Mahle spreche ich ihn mit diesem Gefühle aus! O wie kann, wie werde ich dir deinen Kummer lohnen! Bin ich wirklich der Erwählte, und ich fühle es, daß ichs bin, so soll — O du sollst die nächste an meinem Throne sitzen: jede deiner Bitten, jeden deiner Wünsche will ich erfüllen! Weh dem undankbaren Sohne, wenn er je dieß Gelübde vergessen könnte! Hier am Sarge des Vaters, der mich auch liebte, der mich wahrscheinlich einst leitete und warnte, wiederhohle ich diesen Schwur!

Die Nymphe. O mein Sohn, mein guter Sohn! (Zu den Uebrigen) Freut euch mit mir! ich habe meinen Sohn wieder gefunden!

Viele. Er denkt edel und groß! Laßt uns ihm ohne fernere Untersuchung huldigen.

Der gekrönte Wassergeist. Ha, Elende! So kann euch Gewohnheit den unsterblichen Geist schwächen und entnerven? Noch ist Hoffnung vorhanden, daß er nicht alle Bedingungen, die wir forderten, erfüllte. Warum wollt ihr sie nicht nähren, so lange ihrs vermögt? Warum wollt ihr euern Nacken so willig unter das Joch schmiegen, da es noch nicht erwiesen ist, daß wir es tragen müssen? Die Allgewalt geboth, und ihr erwählet uns, die Bedingungen zu entwerfen; ihr könnt und dürft uns auch nicht hindern, streng und genau zu prüfen: ob sie erfüllt wurden?

Viele. So handelt nach Wohlgefallen!

Andere. Nach euerm stolzen Eigendünkel.

Noch Mehrere. Nur zürne er nicht mit uns! Nur nehme er nicht Rache an den Unschuldigen, wenn er jede ihrer Fragen beantwortet, und dann nicht aus unserm freyen Willen, sondern aus Verdienst, den Thron besteigt!

Hans, (im festen Tone, indem er sich schwaltert.) *) Laßt sie fragen! ich

---

*) Sich schwaltern, ist ein sehr altdeutscher Ausdruck, und bedeutet, sich mit dem Zeichen des Kreuzes bezeichnen, oder das Kreuz machen. War-

will antworten; und dann möge die mächtige und schreckliche Stimme, welche ich vor kurzem hörte, entscheiden!

Einer der Gekrönten. Haben steinerne Brüste dir die erste Nahrung gereicht?

Hans. Da ich, unfern von hier, zwischen den Felsen gelagert, all eure Bedingungen hörte, so will ich euch die Mühe der öftern Fragen kürzen, und jede derselben im Voraus beantworten. Als mein Pflegvater mich vor vier und zwanzig Jahren fand, da lag ich in der Mitte zweyer Steine, die, wie er mir oft erzählte, gleich Brüsten gebildet waren; ich weinte heftig, und leckte mit meiner durstigen Zunge den Morgenthau von einem dieser Steine. Brüste und Stein reichten mir also meine erste Nahrung. Der Bauer, welcher mir Vater zu seyn gelobte, war ein Leibeigner; er zog mit den übrigen Bewohnern des Dorfs nach Stein-Elbogen hinab, um den Marggrafen des Lan-

---

um Hans eben jetzt dieß Ceremoniel begann und übte, kann ich nun freylich nicht einsehen; aber der Verfasser meines Manuscripts hat dieses Wort mit besonders großen und zierlichen Buchstaben geschrieben; er muß also eine besondere Kraft und Wirkung dieses Worts voraussetzen, welche ich nicht hemmen will.

des zu bewillkommen. Ich lohnte seine edle That
mit Unehre und Schande, weil ich sein festli-
ches Wams mit Unrathe besudelte, und der stin-
kende Geruch desselben den Zorn des Fürsten
und der Fürstinn erregte: als aber mein Pflegevater die Ursache entdeckte, da heischte die Fürstinn die Gegenwart des Kindes. Sie gelobte
meine Mutter zu werden, und wiegte mich damahls und in der Folge noch oft in ihrem
Schooße.

    Viele der Gegenwärtigen. O All-
gewalt! deine Wege sind weise und unerforsch-
lich; du paarst Widersprüche, und leitest unaufhaltsam zum Ziele! Was vermag unsre Kraft
gegen deinen Willen?

    Hans. Hört weiter! Die längst verklär-
te, mir ewig unvergeßliche Mutter ließ mich,
wie es einer eurer Erwählten ausdrücklich heischt,
in allen ritterlichen und edlen Kenntnissen unter-
weisen; ich ward nicht zum Gehorchen, sondern
zum Gebiethen und Herrschen erzogen; als sie
starb, und ich zum Jünglinge reifte, da ward ich
unverdient und unverschuldet zur tiefsten Knechtschaft nach Eger verbannt. Ich suchte der unerträglichen Sclaverey zu entfliehen, und fiel in
die Knechtschaft berüchtigter Räuber. Acht lange Jahre mußte ich ihnen dienen; aber ich übte nie Raub, noch weniger Mord. Tod, schmäh-

licher Tod sey mein Loos, wenn irgend ein Be-
raubter über mich klagen, irgend ein Verwun-
deter über mich Rache schreyen kann! Ich traf
meine ärgste Feindinn, die Ursache meiner Knechtschaft, im Gefängnisse der Räuber; ich löste
ihre, ich löste die Ketten noch drey und zwanzig anderer Gefangnen, und leitete sie sammt
ihr glücklich aus dem Gefängnisse in die Freyheit. Ich hatte Macht und Gewalt, den größten Theil der räuberischen Schätze mit mir zu
nehmen; ich verschmähte sie, und zog mit dem
Wenigen von bannen, welches sie mir als kar-
gen Lohn reichten. Die Geretteten bothen mir
großen Lohn; ich verwarf ihn, und begnügte
mich mit dem süßen Bewußtseyn, eine edle That
vollendet zu haben. Die Marggräfinn, von deren Gatten ich allein Dank und Lohn ernten
wollte, entfloh auf der Straße, die zu ihm führte. Wie ich allein zu seinem Stuhle treten wollte, saß schon sein Sohn darauf, und lohnte meine That mit harten Worten. Ich habe also bis
zu meinem vier und zwanzigsten Jahre die Fesseln von vier und zwanzig Gefangenen gelöst,
und keinen Pfennig eines Lohns dafür geerntet.
Arm und dürftig kehrte ich in die Arme meines Pflegvaters zurück; keine Dirne hatte unter
dieser Zeit mein Herz mit Liebe und Wünschen
gefüllt; jeden derselben unterdrückte das Joch

der Sclaverey, und mein Mund fühlté noch nie den Kuß einer Geliebten. Zwey fette Bullen entrannen dem Hirten meines Pflegvaters; ich zog aus, sie zu suchen; eben wie Finsterniß diese Einöde decken wollte, fand ich sie zwischen den Felsen gelagert. Ich wollte bis am Morgen in ihrer Mitte harren, als kurz nachher euer schreclicher Leichenzug mich weckte. Nicht durch ein Wunder, sondern durch die natürliche Folge der Dinge geleitet, erschien ich daher in eurer Mitte. Ist euch, wie ich nicht zweifle, der Blick in die Vergangenheit geöffnet, so prüfet meine Erzählung; und ist ein Wort derselben durch Lüge entstaltet, so handelt nach eurem Vorsatze, und mordet mich schmählich und schändlich!

Einer der Gekrönten, (trauernd und tief gebückt) Wenn du das Buch des Schicksals in deine Hände zu fassen, und seine Blätter zu wenden vermagst, so müssen wir verstummen und schweigen.

Hans, (tritt zum Sarge, er greift das Buch) Seht, ich fasse es; ich wende seine Blätter!

Einer der Gekrönten, (zähnknirschend) Weh uns! Keines derselben schließt sich seinem gewaltigen Griffe. Er wird mächtiger, als alle seine Vorfahren! Wir — O

Allgewalt! wir — — wir müssen dir huldigen.
(Sie sinken zur Erde nieder.)

Alle andere, (indem sie ebenfalls niedersinken) Regent der Unsterblichen! wir huldigen dir; wir schwören dir Treue und Gehorsam, und geloben deinem einst entseelten Körper ein ehrliches Begräbniß an der Seite deiner Vorfahren.

Viele. Sey barmherziger, wie sie!

Andre. Züchtige uns nicht mit glühenden Ruthen, und suche nicht durch unermeßliche Arbeit unsere unsterbliche Kraft zu schwächen.

Hans, (voll Würde, und nun auf immer ohne das geringste Zeichen einer Furcht) Steht auf! ich will nicht euer Herr, sondern euer Vater seyn; nicht Ketten, sondern Liebe soll euch an mich fesseln.

Die Menge. Heil dem Edlen! Hurra! Hurra!

Hans. Noch kenne ich euch und eure Wesen nicht. Aber merkts und achtets! Nur gute und edle Handlung kann Liebe in meinem Herzen erwecken; diese müßt ihr üben, wenn ich nicht Tyrann, sondern Vater seyn soll. Die Sterblichen sind meine Brüder; sie müssen auch

die eurigen seyn, sonst wird und muß Strafe
folgen.

Einer der Gekrönten. Gebiethe,
und wir werden, wir müssen gehorchen.

Hans. Ehe ich dieß thue, erfüllt eure
Pflicht, und begrabt die Gebeine meines Vaters, eures Herrn. Ich, sein Sohn, will mit
meinen Brüdern und Schwestern der Leiche folgen, und mit ihnen Leid tragen: denn er war
— Erfahrung hat mich überzeugt — ein guter
Vater. (Zur Nymphe) Auch du, gute Mutter,
mußt in unserer Mitte wallen, denn er war
dein Gatte.

Der Zug begann nun; die Gekrönten trugen den Sarg zwischen den Felsen einher, stie-
gen bis zur höchsten Spitze derselben, und senkten dort den Sarg in eine tiefe Oeffnung, die
man nach des Verfassers Versicherung noch jetzt
betrachten, deren Tiefe aber kein Sterblicher
ergründen kann. Als der Sarg aller Blicken
entschwand, da sank die Witwe sammt ihren
Kindern jammernd zur Erde, und rufte vergebens den Entschwundnen mit verzweiflungsvollen
Ausbrücken ins Leben zurück.

Hans hörte und ehrte ihren Jammer; sein
gutes Herz fühlte selbst den Verlust des Vaters tief, und häufige Thränen rollten über
seine Wangen. Wie aber ihr Jammer sich im-

mer mehrte, und sie mit schaudervollem Auge nach ihm aufblickten, da ergriff er das Buch des Schickſals, und ſuchte Mittel des Troſtes in dieſem. Zagt nicht! rief er haſtig aus; ihr beleidigt mein Herz, wenn ihr es der Grau= ſamkeit fähig achtet, euch aus eitler Herrſchſucht am offnen Grabe des Vaters zu vernichten. Mögen es andre, die hier ſchlummern, mag es ſelbſt zum Wohle ſeiner Sicherheit gethan haben; ich ahme es nicht nach, und ſchenke euch Freyheit und Leben. Doch müßt ihr von hinnen weichen; daß keiner aus euch ſich aus unedler Abſicht meiner Wohnung nahe, ſey meine Sorge. Mein Schutz ſoll euch begleiten; mein hülfreicher Arm ſoll bereit ſeyn, wenn ihr Hülfe heiſcht. Weib meines Vaters, Brü= der und Schweſtern, gehabt euch wohl! Wan= delt nach Norden; dort werdet ihr Wohnung und Unterhalt finden. Nächſtens ſehe ich euch wieder, und will euch mit möglichem Glücke erfreuen. Sputet euch, und zögert nicht; das Schickſal gebiethet, und ihr müßt gehorchen. Sucht nicht Worte des Dankes; ich forbere dieſe nicht, ſondern Handlungen. Noch einmahl: Euch ſolls wohl gehen, wenn ihr nicht undank= bar ſeyd.

Ungeachtet des ernſten Geboths ſtammelten die Getröſteten doch Worte des heißeſten Dan=

tes, und zogen endlich nach Norden hinab, wie ihnen der Mächtige gebothen hatte.

Als sie aus dem Lichtkreise der Geister schwanden, die Schatten der Nacht sie schon mit ihren Fittigen deckten, und Hans ihnen immer noch wehmüthig nachstarrte, da traten die Gekrönten vor ihn.

Von Anbeginn dieser Erde, sprach einer derselben, als die Allgewalt uns zum belebenden und fortdauernden Stoff ihres Wesens bestimmte, trugen wir diese Kronen, und waren Regenten des uns anvertrauten Elements. Selbst als ihr Zorn gegen uns entbrante, und Sterbliche unsre Herrscher wurden, da wagten es diese nicht, die Ordnung zu stören, und befestigten stets die wankende Krone auf unsern Häuptern. Wir empfingen ihre Befehle und Gebothe, und theilten sie denen mit, die uns ehe schon gehorchen mußten: wir hoffen — —

Hans. Hofft nichts; denn ich kenne bereits die Schranken meiner Macht, und werde sie nach Wohlgefallen üben. Ich hatte Gelegenheit, euch unbemerkt zu beobachten, eure Gesinnungen zu hören, und ich verkündige es euch frey, daß sie mir nicht behagen. Ich will nicht Feinde, sondern Freunde, nicht tragvolle, sondern unverdroßne Vollzieher meiner Gebothe zu Gesellschaftern wählen. Legt eure Kronen ab; nur derjenige, dem ich gebiethe, soll sie aufheben, und auf seinem Haupte befestigen.

Die Gekrönten. Bedenke ———

Hans. Ich habe bedacht, und ihr müßt gehorchen.

Die Gekrönten, (legen ihre Kronen auf einen Felsen; grimmig und wild unter einander) Ha! des Schimpfs! Auch dieß noch! Das ist mehr als grausam!

Hans. Nicht grausam, sondern gerecht, und ich versprach, Gerechtigkeit zu üben. (Zum ehemahls gekrönten Zwerge) Als dir die Erlaubniß ward, eine Eigenschaft deines künftigen Regenten zu bestimmen, da unterdrücktest du die Begierde nach Herrschsucht, und fordertest einen Regenten, der gehorchen lernte, um sanft regieren zu können. Diese edle Verläugnung verdient Lohn; ergreif deine Krone, und befestige sie auf deinem Haupte! Ich hoffe, daß du meine Gebothe willig vollziehen, und wenn ich treuen Rath von dir heische, mir ihn nach den besten Kräften biethen wirst.

Der Zwerg, (vollzieht den Befehl) Großmuth beschämt den Feind; Großmuth fesselt stärker, als eherne Ketten. Deine

Wahl soll dich nie reuen; du sollst stets einen treuen Diener, einen willigen Rathgeber in mir finden.

Hans. Ihr Uebrigen ehemahls Gekrönten, entfernt euch, und meldet auf immer mein Angesicht! Eure Herrsucht, euer Stolz und Eigendünkel hat mein Herz empört. Ich will den Rath des besser denkenden Zwergen befolgen; seyd bis zu meinem Tode die Knechte eurer Brüder; und gibt euch dann die versöhnte Allgewalt die entrißne Krone wieder, so werdet ihr sanfter regieren, weil Erfahrung euch lehrte: wie sehr das Joch der niedern Knechtschaft drückt? (Die Verurtheilten wollen sprechen) Schweigt! Ich verschließe euern Mund; nur dann soll er sich öffnen, wenn ich Besserung erblicke.

(Die Verbannten verbergen sich mit wüthender Geberde unter den Uebrigen.)

Hans, (ergreift die Krone, welche ehemahls der Wassergeist trug, und setzt sie auf das Haupt der Nymphe, seiner Mutter.) Du sollst die Regentinn deiner Brüder und Schwestern seyn. Dein Sohn war Ursache großer Leiden; es ist billig, daß er Lohner und Vergelter werde. Wähle dir deine Wohnung nach Gefallen, im

wei-

weiten und großen Oceane, oder in der kleinsten Silberquelle; ich will alle meine Macht
aufbiethen, um deine Residenz zu verherrlichen.
Willst du aber die Bitte des dankbaren Sohnes hören, so entferne dich nicht zu weit von seinem Throne; ich werde ihn nach dem Beyspiele meiner Vorfahren in der Höhle der Zwerge
errichten, weil ich nur auf der Erde, nicht im
Feuer, nicht in der Luft und im Wasser zu leben vermag. Enthülle mir kühn alle deine Wünsche, und ich will sie mit Freuden erfüllen. Denke stets, daß ich dein Sohn bin.

Die Zwerge und Wassergeister.
Heil unserm neuen und guten Regenten! Er
richtet recht und billig!

Die gekrönte Nymphe. Schwer ist
die Krone, welche jetzt auf meinem Haupte
glänzt; aber mein dankbarer Sohn setzte sie
darauf, und ich will sie mit Freuden tragen.
Hört er, wie ers verhieß, meine Bitte, so sollt
ihr mich stets mit Wonne eure gute Mutter
nennen.

Die Geister. Er wirds! der Dankbare! Er wirds!

Hans. Einer aus den Erwählten forderte, daß ich nie Rache an meinen Feinden übe,
und dem stärksten und größten derselben den
größten Liebesdienst erweisen sollte: Er hat

Erster Theil.   H

weise und edel gefordert; er trete hervor, damit
ich ihn lohnen kann.

(Ein Salamander tritt hervor.)

Empfange die Krone deines Geschlechts,
und rathe stets so edel, wenn ich Rath von
dir heische.

Der gekrönte Salamander. Nimm
jetzt meinen heißen Dank, erwarte mit vollem
Rechte meinen noch stärkern Eifer, dir zu dienen und zu gehorchen.

Hans. Nichts schmerzt tiefer und inni-
ger, als unverdiente Fesseln; nichts ist edler,
als sie ohne Absicht auf Vergeltung zu lösen.
Einer der Erwählten forderte diese Eigenschaft
von mir; er trete hervor, und empfange die
letzte Krone zum Lohne!

Ein Luftgeist, (tritt hervor und
empfängt sie) Ich will mich mühen, des
Lohnes würdig zu werden.

Hans. Thue es, und du wirst mein Freund,
nicht mein Diener seyn.

Einer der neu Gekrönten zu
Hans.) Es ist hohe Zeit, daß du die Schar
entlässest; ohne ihren belebenden Hauch stehen
die Elemente stille, und wirken nicht zum Wohle des Ganzen. Bald würde die Erde zum
neuen Chaos sich wandeln, wenn sie länger
unthätig zögerten; und doch können sie nicht

weichen, wenn dein Machtwort sie nicht ent-
läßt.

Hans. Eilt nach euern Wohnungen; erfüllt emsig und fleißig eure Bestimmungen; eure
Regenten werden sie ordnen, und ich werde gebiethen, wenn ich eurer bedarf.

Die Geister. Heil! Heil! Heil! Heil!
unserm guten und gerechten Regenten!

Nach diesem Ausruf trennten sie sich pfeil-
schnell. Viele zogen in der Luft von bannen;
andere stürzten sich in den Fluß, und noch mehrere entschlüpften in den Höhlen der Erde.

Nach Ost und West! riefen einige. Nach
Süd und Nord! riefen andere.

Bald entschwand das fürchterliche Getöse
dem Ohre ihres Regenten; alle waren entschwunden; nur die vier Gekrönten standen zu seiner
Seite, und einige wenige rückgebliebene Luft-
Erde-Wasser- und Feuergeister näherten sich
in demüthiger Stellung dem Regenten.

Hans. Warum befolgt ihr nicht mein Geboth?

Die Geister. Unsre Bestimmung wird
durch die Uebrigen erfüllt: wir müssen hier deiner Gebothe harren, und sie, wenn du unsern
Regenten gebiethest, nach Süden und Norden,
nach Ost und West tragen.

Hans. Mein Körper heischt Ruhe. Leitet mich nach der Wohnung, welche einst meine Vorfahren bewohnten!

Fünftes Capitel.

Die Geister gehorchten und führten ihn rückwärts zwischen den Felsen nach einer niedern Oeffnung, die man, wie mein Geschichtschreiber versichert, noch in unsern Tagen belugen, aber sich ohne die größte Todesgefahr nicht in ihr Inneres wagen kann. Hans konnte nur mit tief gebücktem Rücken eintreten: wie er aber einige Schritte vorwärts machte, wards höher und heller. Brennende und glänzende Ampeln verbreiteten sanftes und klares Licht im immer sich mehr erweiternden Gange, der sich oft in die Tiefe hinab, und bald wieder aufwärts schlängelte. Er erblickte links und rechts viel verschloßne Thüren; aber er folgte willig seinen Führern, die an diesen vorüber gingen.

Wie sie endlich eine geraume Zeit in die Höhe gestiegen waren, standen sie an einer Thü-

re stille. Oeffne sie, sprach der Zwerg, nach
Wohlgefallen! sie leitet nach dem Schlafgema-
che unsrer Regenten; wir dürfen und können
uns diesem nicht nahen, und werden deines Geboths in der Ferne harren.

Hans, welcher das Buch des Schicksals
in seiner Hand trug, öffnete die Thüre, trat
ein, und sie schloß sich schnell hinter ihm. Er
staunte über die Pracht, welche in diesem kleinen Gemache herrschte. Die Wände desselben
waren mit kunstvollen Tapeten behangen, und
auf dem Lager glänzten Decken, die an Fein-
heit und Weichheit Sammet und Seide be-
schämten. Eine Ampel, welche aus einem glän-
zenden Stein gebildet schien, erleuchtete das
Gemach; wie er aber an eines der Fenster trat,
die in festen Felsen gehauen waren, so konnte
er hinab ins öde Thal blicken, und überzeugte
sich, daß dieß Gemach das Licht des Tages ge-
nieße, und durch die Sonne, welche schon den
Horizont röthete, erleuchtet würde.

Müde und entkräftet sank er bald hernach
aufs weiche Lager nieder. Die wundervolle Begebenheit der heutigen Nacht beschäftigte seine
ganze Denkungskraft, aber nicht allzu lange:
denn ehe er noch den kleinsten Theil derselben
fassen und begreifen konnte, schloß der Schlaf
seine müden Augen, und er ruhte sanft und gut.

Als er wieder erwachte, sich des Vergan=
genen noch lebhaft erinnerte, blickte er staunend
und denkend umher; denn er lag zwischen hohen
Felsenstücken nahe am Egerflusse. Die Sonne
stand schon hoch am Himmel, und seine Bullen
weideten unfern von ihm am Ufer.

Es war ein äffender Traum! rief er end=
lich nach langem Staunen aus, und sprang auf,
um diese Wahrheit vollkommner zu faßen. Je=
der Blick, den er in diesem Felsenthale umher=
wagte, überzeugte ihn immer mehr und mehr;
denn er sah nichts als Bäume und Felsen, oder
den schäumenden Fluß, nirgends aber einen der
Geister, welche sein Auge in voriger Nacht so
zahllos gesehen hatte. Es war nur ein Traum!
wiederhohlte er noch einmahl, und schritt zu
den Bullen hinab, um mit ihnen in seine Hei=
math zu ziehen.

Sie folgten ihm willig, und leiteten ihn
durch den Fluß auf einem Steige weiter, den
er schwerlich gefunden hätte, weil er immer noch
tief denkend hinter ihnen einher schritt. Oft
blieb er stehen, und überblickte noch einmahl
die ganze Gegend; oft wars ihm, als ob er
nach der Felsenöffnung, die vor seinem Auge
lag, rückkehren sollte; aber immer liefs ihm
schauernd über den Rücken, wenn ers wagen
wollte, und er eilte vorwärts. Oft löstete er

nachher im Gehen sein Wams, besah die
wunderbare Furche, welche sich gleich einem
Flusse wirklich über seinen Arm schlängelte;
wenn er aber überlegte, daß er dieß Zeichen
schon, so lange er denke, an seinem Arme trage, so warbs ihm klar und deutlich, daß der
äffende Traum dieß Merkmahl zufällig benutze
habe, um seine Sinne stärker zu täuschen.

Schon nahte er sich dem Dorfe seines Pflegvaters; schon mühte er sich kräftiglich, die ganze trugvolle Begebenheit zu vergessen, als er
unfern der Straße einen Haufen Reisige erblickte, die sich unter dem Schatten einer Linde gelagert hatten. Er würde, ohne sie näher zu
betrachten, bey ihnen vorüber gewandelt seyn,
wenn nicht einer derselben ihm gewinkt, und
näher zu treten gebothen hätte.

Kannst du uns nicht, sprach dieser, als
Hans seinen Wink befolgte, Bescheid ertheilen:
ob wir in diesen Hütten Labung, und gegen
redliche Zahlung Rosse erhalten können, die uns
weiter fördern?

Hans vermochte die Frage nicht zu beantworten; denn gerechtes Erstaunen fesselte seine
Zunge. So scharf er auch blickte, um den möglichen Irrthum zu zerstreuen, so überzeugte ihn
doch jeder neue Blick noch weit deutlicher, daß
die Witwe des Verstorbnen, welche er in sei-

nem Traume gesehen hatte, mit ihren Söhnen
und Töchtern hier lagere. Er hoffte und erwar-
tete, daß sie ebenfalls ihren Retter erkennen,
und ihn deßhalb lobpreisen würden: aber er
hoffte und harrte vergebens; denn die Geretteten schienen ihn gar nicht zu kennen, und wiederhohlten nur ihre Frage.

Sah ich euch nicht ehe schon? nicht diese
Nacht am Sarge eures Gatten und Vaters?
Ward ich nicht euer Retter, rief er endlich
staunend aus: aber keines der Gegenwärtigen
antwortete! nur einige derselben schienen ge-
heimnißvoll zu lächeln. Wie er aufs neue zu
fragen begann, kehrten sie ihm alle den Rücken,
und zogen stracks auf einem Feldwege fort, der
nicht nach dem Dorfe, sondern in den Forst
führte.

Hans staunte ihnen noch lange nach, und
kehrte endlich eben so staunend in die Hütte seines Pflegvaters zurück. Dieser freute sich herzlich der wieder gefundenen Bullen; wie er aber
bald hernach bemerkte, daß seines geliebten
Sohnes Frohsinn und Sprache auf dieser Wanderung verloren gegangen sey, so forschte er
anhaltend und theilnehmend nach der Ursache dieses Tiefsinns und der angenscheinlichen Schwer-
muth. Lange forschte und fragte er vergebens;
endlich begann Hans alles zu erzählen, was

sich mit ihm zugetragen hatte. Der Alte hörte
still und schweigend zu. Laß dichs nicht kümmern, sprach er, wie Hans geendet hatte; die
ganze öde Gegend, in welcher du diese Nacht
ruhtest, wird nach der allgemeinen Sage von
unterirdischen Geistern bewohnt, die dort ihr
Wesen treiben, und jeden Sterblichen, nie ungeneckt, oft nicht unbeschadet vorüberziehen lassen. Sey zufrieden, daß sie dich nur neckten,
nicht quälten, oder gar verstümmelten, wie's
schon öfters geschehen seyn soll. Einer derselben
äffte dich ganz gewiß durch einen Traum, in
dem er dir alle diese Begebenheiten vor dein
Auge führte; oder alle Geister der ganzen Gegend hielten wirklich eine Versammlung, und
machten dich, was sie so äußerst gerne thun,
zum Gegenstande ihres Spottes und Hohns.

Hans versicherte, daß er die ganze Begebenheit für ein Traumgesicht gehalten, sie wahrscheinlich bald vergessen hätte, wenn ihn nicht
die ziehende Witwe mit ihren Kindern vom
Gegentheil und von der untrüglichen Wahrheit
des Ganzen überzeugt hätte.

Dieß ist, entgegnete der Alte lächelnd, nicht
Beweis der Wahrheit, sondern volle Ueberzeugung, daß ich recht und klug urtheilte. Wahrscheinlich hofften die neckenden Geister, die immer nur auf der armen Menschen Verderben

lauern, dich durch ihren Trug wahnsinnig, oder gar toll zu machen; als sie aber merkten, daß du die Sache nahmst, wie sie zu nehmen war, und sie für ein Trug= oder Traumgesicht achtetest, so wurden sie dadurch ergrimmet, und blendeten dein Auge aufs neue. Die Wittwe und ihre Kinder waren ganz gewiß abermahls Truggestalten, die deinen Verstand verwirren, und im Glauben an die Begebenheiten der Nacht stärken sollten. Warum beantworteten sie deine Frage nicht? Warum zogen sie nicht ins Dorf, sondern nach dem Forste, wohin keine Straße leitet? Würden dieß wohl irrende Menschen thun, welche über Mangel an Nahrung klagen, nicht allein diese, sondern auch Rosse suchen, die ihr Auge ringsumher auf der Weide erblicken mußte? Sey klug, und laß dich durch solche Zauberey nicht irre und unglücklich machen! Nimms zur Warnung, und wage dich nie mehr in die gefährliche Gegend, welche alle Bewohner der rings umherliegenden Dörfer und Städte schon längst aus Erfahrung kennen, und daher sorgfältig meiden. Sobald ich wieder nach der Veste Ellbogen hinabziehe, will ich den Pfaffen bitten, daß er uns heimsuche, und ein Kreuz weihe, welches wir ans Ende unsrer Fluren gegen diese schreckliche Gegend pflanzen können. Wage dich dann nie weiter, als bis zu diesem,

und sie werden dich nie mehr necken und quälen dürfen; denn die Macht solch eines Kreuzes ist groß und sicher. Die Truggestalten würden dir gewiß bis zu meiner Hütte gefolgt, oder
wenigstens durchs Dorf gezogen seyn, wenn sie
die Gewalt des Kreuzes, welches an der Straße steht, nicht zurückgescheucht hätte.

Mit diesen und ähnlichen Gründen suchte der
alte Berchtold seinen Sohn zu beruhigen, und
es gelang ihm bald vollkommen, weil es ihm
überzeugend dünkte, daß Geister, welche ihn in
der vorigen Nacht so anhaltend genectt hatten,
leicht auch Truggestalten schaffen konnten, die
ihn in diesem Irrwahne bestätigen sollten. Freylich erinnerte er sich, daß er sich in der Versammlung der Geister mehr als einmahl geschwal-
tert habe, und suchte dadurch zu beweisen, daß
böse Geister diesem gewaltigen Zeichen hätten
weichen müssen; als ihm aber sein Vater bewieß, daß die Gewißheit dieser Handlung noch
nicht erwiesen sey, vielleicht nur ein bloßes
Wollen im äffenden Traume gewesen wäre, so
ward auch hier der anscheinende Widerspruch
gehoben, und Hans gelobte, sich durch den
Traum nicht länger äffen zu lassen, andächtig-
lich zu leben, und, wie ehe und bevor, seine
Berufsarbeiten zu verrichten.

Aus dieser Absicht zog er schon am andern
Morgen nach einer väterlichen Wiese, um auf
dieser nebst den übrigen Knechten das reife Heu
zu mähen. Sie lag an einem nicht unbeträcht-
lichen See, den einige Waldbäche im Kessel eines tiefen Thals bildeten, der, aber jetzt meistens ausgetrocknet, und in einen künstlichen
Teich verwandelt ist, um in diesem das nöthi-
ge Wasser zu den Bergwerken des Zinnerztes
zu sammeln. Wie er sich eben wieder des so
äußerst lebhaften Traumes erinnerte, und ihn,
auf seine Sense gestützt, noch einmahl überdach-
te, da plätscherte es heftig im nahen See.

Er blickte erschrocken auf seine Fluthen, sah
einige Kühe darin schwimmend, aber nahe bey
diesen oft auch einen Menschenkopf, den die
Wellen wechselweise hoben und bedeckten. Schon
nahm er diesen für den Kopf einer Nymphe,
und schauderte um so stärker, weil er sich nun
auf immer und allzeit von den Geistern geäfft
und verfolgt wähnte; als aber die Knechte ein
gleiches sahen, und ausriefen: Ach, das ist
die arme Anne, welche vor kurzem ihre Kühe
nach der Schwemme trieb, und wahrscheinlich,
als sie solche herausleiten wollte, in die Tiefe gerieth; da erwachte mit ein Mahl Hansens Muth.
Er wußte das Leben eines Menschen in Gefahr,
und säumte nicht, ihn daraus zu erretten. Flugs

warf er seine Sense von sich, schürzte seine Arme, und sprang ins Wasser. Ohne zu bedenken, daß er nicht schwimmen gelernt habe, drang er in die Tiefe, und fühlte jetzt erst, daß ihn das Wasser trage: denn immer schwamm sein rechter Arm auf diesem, und hielt den ganzen Körper aufrecht. Die Dirne hatte, wie sie den Boden nicht mehr unter ihren Füßen fühlte, in dem dem Menschen so gewöhnlichen Drange nach Rettung den Schwanz der nahen Kuh ergriffen, und hoffte, daß diese sie aus der Tiefe ziehen werde; aber die Kuh wollte sich dieser Last entledigen, und schwamm immer tiefer hinein: dadurch gerieth die Dirne in immer noch größere Gefahr, mußte bey jedem Bestreben der schwimmenden Kuh viel Wasser einschlucken, und ließ eben schon ganz athem- und sinnlos ihre Stütze fahren, als sich ihr Hans nahte. Er ergriff sie mit seinem starken Arme, schwamm mit ihr nach dem Ufer zurück, und legte die Ohnmächtige unfern davon ins weiche Gras nieder.

Die Gerettete war eine arme, aber auch die schönste Dirne des ganzen Thals. Das Schicksal schien sie äußerst stiefmütterlich zu behandeln, indeß die gute Mutter Natur sie mit allen ihren Gaben sehr reichlich beschenkt hatte. Diese machten großen und unwiderstehlichen Ein-

druck auf den Retter derselben. Obschon die
Dirne gleich einer verwelkten Rosenknospe da
lag, nur schwach athmete, und zu verschmach=
ten drohte, so wirkte doch die allgewaltige Lie=
be, die selbst, nach meines Geschichtschreibers
Versicherung, das Todtenlager nicht ungeneckt
läßt, gewaltig auf sein offenes, argloses Herz
und seine zum Genuß reifen Sinne. Noch nie
hatte der sittsame Jüngling in das Heiligthum
des weiblichen Busens geblickt; jetzt lag der
schönste derselben offen und entschleyert vor ihm:
die Gewalt des Wassers hatte seine Hülle ge=
trennt, und die nach Luft ringende Lunge hob
und wiegte ihn auf und nieder.

Der reitzende Anblick durchschauderte ihn
gleich einem Blitze, und zündete den verborg=
nen Liebeszunder in seinem Herzen. Es glühte
und brannte sogleich fürchterlich, heischte und
forderte mit Ungestüm, machte seinen Besitzer
aber auch unfähig, irgend etwas zur Rettung
seiner schon innig Geliebten beyzutragen. Hät=
ten die übrigen Knechte, welche in der Ferne
seine Schwimmkunst bewunderten, und nun
herbey eilten, ihn nicht erinnert, er würde
lange noch staunend und fühlend da gestanden,
ihre mögliche Rettung wahrscheinlich vernach=
lässigt haben.

Man muß sie stürzen, riefen die Knechte, und machten Anstalt, um die Aermste nachdem schon damahls üblichen barbarischen Gebrauche vollends zu ersticken; aber Hans hinderte ihn muthig. Nicht Einsicht, sondern Liebe, die schon Eifersucht erregte, verleitete ihn zu diesem Widerstande; es war ihm unerträglich, die Geliebte seiner Herzens in den Händen so roher Knechte, und noch obendrein auf so unedle Art behandelt zu sehen.

Es ist nicht nöthig, sprach er, und faßte die Dirne in seine Arme, um ihr auf diese Art beyzustehen. Seine Bemühung wirkte vereint mit der starken, unverdorbnen Natur; das Wasser schoß stromähnlich aus ihrem Munde, und die schöne Anne blickte bald hold und lieblich lächelnd zu ihrem Retter empor.

Bist du der Starke, welcher mich den Fluthen entriß? fragte sie leise und schmachtend.

Ja, ich bins, antwortete Hans, und danke Gott, daß ichs so wunderbar vermochte.

Lohn' dirs Gott! entgegnete Anne! ach, vermöchte ich dirs doch auch zu lohnen!

Du kannst, und vermagsts, rief der entbrannte Hans aus, hob die schmachtende Dir-

ne in die Höhe, und drückte sie fest an seine
Brust.

Die Knechte lachten ob der schnellen und
plötzlichen Liebeserklärung, die damahls nicht,
wie in unserm aufgeklärten Zeitalter, gänge
und gebe war; aber Hans achtete ihres Ge-
spöttes nicht, hörte es nicht einmahl, weil, wie
der Geschichtschreiber weislich hinzufügt, der
mannbare Jüngling weder hört noch sieht, wenn
die Geliebte seines Herzens in seinen Armen
ruht.

Ein anderer Gegenstand beschäftigte ihn und
seine Dirne. Ihre Kühe schwammen noch immer im See, schienen, des Weges unkündig,
sich immer tiefer in diesem zu verlieren, und
mußten wahrscheinlich endlich unterliegen.

Ein lautes Angstgeschrey der Dirne machte Hansens Auge aufmerksam.

Ach Gott, und alle ihr guten Heiligen,
schützt meine Rinder! rief sie zagend aus; mein
böser Herr ermordet mich, wenn eins derselben
sein Leben verliert.

Ohne zu antworten, sprang Hans abermahl
in die See, ruderte muthig nach den Kühen,
und trieb sie glücklich ans Ufer.

Die dankbare Dirne, welche wacker zagte,
und nun auch ihre Rinder gerettet sah, konnte
dem Drange ihres Herzens nicht widerstehen;
sie

sie eilte mit offnen Armen dem edlen Retter
ihres Lebens und Gutes bis ins Wasser entgegen, schmiegte sich dankbegierig, aber wortlos,
an seine Brust. Hans fühlte den Werth ihres
Dankes.

Ewig, ewig! sprach sie endlich.

Ewig! Ewig! antwortete er. Keine! Keine! Nur du! fügte er hinzu, und leitete sie aus
dem Wasser.

Lange standen noch beyde fühlend und
schweigend am Ufer; als sie sich aber erinnerte, daß die Hausfrau ihrer daheim schon
lange harre, und sie endlich mit dargebothner
Hand und dankbaren Thränen im Auge scheiden wollte, da vermochte Hans nicht den her-
ben Abschiedsdruck zu erwiedern; sein Herz wi-
derstrebte.

Ich bin dein Begleiter, sprach er, und faßte
die dargebothne Hand, um mit ihr nach dem
Dorfe zu wandern.

Beyde wanderten stumm hinter den noch
triefenden Rindern; keins wagte das andere an-
zublicken, und die Hand der Dirne zitterte sicht-
bar, wenn Hans im Vollgefühle seiner Liebe
sie männlich zu drücken wagte.

In diesem immer gleichen, so natürlichen
Stillschweigen langten beyde endlich an der
Hütte an, in welcher die Dirne als Magd

Erster Theil.   J

hauste. Die Rinder hatten sie geleitet; denn sonst würden sie, nie aufblickend und ganz mit ihrem Gefühle beschäftigt, noch lange umher geirrt seyn. Die Dirne entzog ihrem Retter ihre Hand, um sie ihm wieder zum abermahligen Abschiede darbiethen zu können.

So müssen wir denn wirklich scheiden? fragte Hans mit voller Rührung.

Wir müssen! seufzte Anne, und bebte.

Hans. Wenn werden wir uns wieder sehen?

Anne (schnell und hingerissen.) Wenn die Sonne untergeht, muß ich die Rinder wieder weiden.

Hans (tief athmend.) Also nur bis dahin! — — Wird niemand dich begleiten?

Anne. Niemand.

Hans. Darf ich kommen?

Anne (nickt mit dem Kopfe.)

Hans. Ich, allein?

Anne (nickt abermahl.)

Hans. So leb wohl bis dahin!

Anne (tief gerührt). Ich habe dir noch nicht gedankt. Meine gute, alte Mutter wirds besser können; ich will sie zu dir senden!

Mit diesen Worten entschlüpfte die Dirne nach dem nahen Stalle, und Hans eilte nach der Hütte seines Pflegvaters.

Wo kommst du her? Und ganz durchnäßt? Ist dir ein Unglück widerfahren? fragte der Alte theilnehmend; aber er mußte noch lange und anhaltend fragen, ehe er von seinem tiefsinnigen Sohne die ganze zusammenhängende Geschichte erfuhr.

Du wirst Gottes Lohn für diese That ernten, sprach der gute Alte; du hast eine fromme und sittsame Dirne gerettet; ihr künftiger Gatte wird dir ihre Rettung sicher noch danken, und dich als den Urheber seiner glücklichen Tage preisen.

Das Wort Gatte regte Hansens Gefühl mächtig; er schauderte, wenn er sich die Dirne in den Armen eines Andern dachte. Vater, sprach er nach kurzem Stillschweigen, oft mahnet ihr mich, mir eine Dirne nach meinem Sinne im Thale zu suchen, und sie zu meinem Weibe zu machen; ich habe eures Rathes geachtet, und die Dirne gefunden.

Der Alte. Doch nicht die arme Anne?

Hans. Eben diese! Nennt sie nicht arm, denn sie ist an Schönheit und Tugend reich; sie — —

Der Alte. Spare dein Lob! bey mir wirds nicht wirken; denn ich bedarf keines Antriebs. Gott segne dich und sie, wenns dein Ernst ist! Gott gebe und schenke mir bald die Freude, euch beyde als Vater segnen zu können! Du hast meinen liebsten und einzigen Wunsch erfüllt. Oft spähte ich im Dorfe nach einem Weibe für dich umher, und immer blieb mein Blick an der schönen und frommen Anne hängen. Sie bedarf keiner Aussteuer, denn ich hinterlasse dir genug. Mein Segen und euer Fleiß muß und wird es trefflich mehren, damit eure Kinder im Ueberflusse leben, und einst noch spät die Asche deines Pflegvaters segnen können.

Hans konnte nicht antworten; denn die nahmlose Freude, all seine Wünsche mit ein Mahl erfüllt zu sehen, fesselte seine Zunge. Der gutherzige Alte sah die Wirkung seiner Worte mit Vergnügen, und vergoß Freudenthränen in den Armen seines geliebten Pflegsohnes. Noch heute, sprach er, will ich mit Annens Mutter reden, und wenn sie, wie ich hoffe, mit mir gleichstimmig denkt, so werde ich bald zum letzten Mahle in meinem Leben den Reihentanz anführen.

Kaum hatte er diese Worte ausgesprochen, so trat Annens Mutter ins Gemach. Die dank-

bare Tochter hatte sie abgeschickt, um an ihrer
Statt die Worte zu stammeln, welche ihr Herz
nur gedacht hatte.

Der vergnügte Berchtold störte sie in ihrer
Absicht. Dankt nicht ihm, sprach er, sondern
der weisen Vorsehung, die alles so weise und
gut geordnet hat, daß es so kommen mußte!
Und nun erklärte er der staunenden Mutter das
künftige Glück ihrer Tochter, welches sie nie zu
träumen wagte.

Ihre unbedingte Einwilligung erfolgte ganz
natürlich; und da Hans ganz glücklich zu seyn
wünschte, so ward sie abgesandt, um ihre Tochter sogleich herbey zu rufen.

Sie erschien an ihrer Mutter Arme ahnend
und fühlend; ihre vor kurzem noch blassen Wangen glühten hoch erröthet; sie konnte nicht sprechen, nicht aufblicken, aber sie duldete es willig, als der alte Berchtold ihre Stirne küßte,
ihre Hand ergriff, und sie in seines Sohnes
Hand fügte. Er sprach lange und kräftig; er
segnete mächtig und aufrichtig: aber die Verliebten hörten seine Worte, sahen seine Thränen nicht; das Vorgefühl ihres unaussprechli-
chen künftigen Glücks beschäftigte allein ihr Herz
und ihre Sinne.

Als er endete, sanken sie, hingerissen von diesem, einander in die Arme, und feyerten den Bund ewiger Liebe.

Bald warbs im ganzen Dorfe bekannt, bald erzählte es jede Mutter ihrer Tochter, daß Frömmigkeit und Gottesfurcht reichen Lohn erhalte, weil die diese Tugenden übende Anne ein Glück gemacht habe, das jede Mutter ihrer Tochter wünschen müsse, ingeheim oft gewünscht habe. Manche Neidharde wunderten sich freylich, warum der reiche Berchtold sein großes Vermögen einem unbekannten Bastarden hinterließe, und diesen obendrein mit der ärmsten Dirne des Thals beweibe. Da aber die allgemeine Stimme diese edle That doch lobpreiste, so mußten die Wenigen schweigen, konnten sie nur dann und wann mit einem hingeworfnen Worte, oder einer bedeutenden Miene begeifern und beflecken.

Hans hatte bisher noch nie Liebe gefühlt; aber er fühlte und empfand sie jetzt stärker, als je. Nur Anne beschäftigte seine Gedanken; nur ihr holder Anblick machte Eindruck auf seine Sinne. Sonst hatte er oft Stunden lang den Aufgang der Sonne bewundert, den blaß und sanft leuchtenden Mond beäugelt; jetzt waren die großen, schwarzen Augen der geliebten Dirne seine Sonne und Mond: nur wenn er diese leuchten sah, war er munter und fröhlich, wenn sie schwanden, still und traurig.

Der wunderbare Traum entschwand seinem Gedächtnisse ganz, und wenn er ja seiner noch dann und wann flüchtig gedachte, so prieß er sich hoch glücklich, daß der Traum nicht Wahrheit enthalten habe, weil, seiner Meinung nach, das große Glück, Regent der Elementar-Geister, und durch diese Herr der ganzen Welt zu seyn, mit dem unbeschreiblichen Glücke, als Gatte in Annens Armen zu ruhen, in gar keinem Ebenmaße stand. Bekritle, lieber Leser, seine Meinung nicht! Warst du, oder bist du wahrhaft verliebt, so wird Erfahrung dich belehren, daß die Herzensgeliebte ein Kleinod sey, welches man höher, als alle irdische und überirdische Schätze, achtet.

Ich übergehe die Tage des Schmachtens und Sehnens; sie sind von Anbeginn der Welt bis zu dem Tag, an welchem dieß geschrieben ward, der wörtlichen Schilderung unerreichbar. Wer vermag alle die geheimen Seufzer, alle die Wünsche, all das strebende und widerstrebende Verlangen eines echt Verliebten auszudrücken? Vermöchte ers, so müßte er oft Un-

sinn schreiben; und unterdrückte er diesen, so
würde er Kolorit und Wahrheit nicht erreichen.

Hans bath täglich seinen Pflegvater, den
großen Tag seines größten Glücks zu bestimmen;
und der alte Berchtold bewieß ihm eben so oft,
daß er dieß noch nicht thun könne, weil die Rinder, Kälber und Schweine, welche an diesem
festlichen Tage verzehrt werden sollten, noch
nicht feist genug wären.

Endlich und endlich, als der Monden erschien, in welchem man das Fest des heiligen
Arnulphs feyerte, verkündigte der alte Berchtold dem entzückten Hans, daß man an diesem
Tage auch seine Hochzeit feyern werde.

Es sind nun fünf und zwanzig Jahre verflossen, daß ich, sprach er, an diesem merkwürdigen Tage dich zwischen den Felsen fand, und
dein Vater zu werden gelobte; er soll auch dir
all dein Lebetag merkwürdig bleiben. Ein lebhafter Traum, der mich in den verfloßnen Näch-
ten mehr als einmahl beschäftigte, hat mir einen Plan entworfen, den ich zu meiner Freude,
und gewiß zu deinem großem Vergnügen, aus-
führen will. Harre der Zeit; sie wird dir lehren, was mein Mund jetzt absichtlich verschweigt.

Hans harrte mit seiner Anne, die ihn innig und herzlich liebte, der Zeit mit größter
Ungeduld.

„Ach, wie sind die Tage so lang! seufzte
er immer, wenn er mit ihr im Schatten der
Linden koste.

Ach wie noch länger, und Ewigkeiten gleich
sind die Nächte! seufzte Anne, wenn sie im
Glanze des Morgenroths ihren Geliebten an der
Oeffnung ihres kleinen Kämmerleins bewillkommte.

Endlich ging die Sonne am Vorabende des
heiligen Arnulphs zum letzten Mahle unter; endlich schwand die dem Trägen so kurze, dem Verliebten so äußerst lange Nacht, welche dem festlichen Tage voran ging.

Berchtold hatte die arme Anne reichlich mit
Kleidern begabt; gleich der Reichsten trat sie
festlich geschmückt aus ihrem Kämmerlein hervor; an ihrem Gürtel glänzten silberne Span-
gen; an ihrem Hauptkranze klirrten goldene
Münzen. Alle staunten, alle fanden schon in diesen alten Zeiten, daß Putz und Kleid die Schönheit erhöhe, und selbst die Neidharde mußten

gestehen, daß der reiche Hans sich die schönste Dirne gewählt habe.

Nach damahliger Sitte und Gewohnheit, die man auch jetzt noch in der Gegend rings um- her übt, durfte der Bräutigam seine Verlobte an diesem Tage nicht heimsuchen, nicht einmahl sprechen. Er mußte, von seinen Verwandten und Freunden umgeben, vor der Schwelle ihrer Hütte so lange harren, bis die Verlobte her- aus trat, und ihm folgte. O wie dünkte dem verliebten Hans dieß Harren so lange! O wie unausstehlich war der schmachtenden Anne jeder Augenblick unnützer Zögerung! Und doch mußte sie, schon festlich geschmückt und angethan, noch lange sich sträuben und zögern, weil sonst der böse Leumund ihren guten Ruf befleckt, sie laut und ingeheim eine mannsüchtige Dirne gescholten hätte.

Endlich, als Freunde und Mutter ihre Be- redsamkeit verschwendeten, und die letztere sie zu überzeugen suchte, daß sie, da sie freywillig gewählt, auch freywillig folgen müsse, eilte sie, voll innern Entzückens dem Harrenden entgegen. Er mußte sich stracks wenden, und weiter wan- dern, damit Alt und Jung überzeugt werde, daß sie ihm nicht gezwungen, sondern freywillig folge. Er thats ohne Zögerung, weil er wußte, daß jeder Schritt ihn zum endlichen, glücklichen Ziele leite.

Die Fahrt ging nach Stein-Elbogen hinab, weil zu dieser Zeit rings umher kein Pfaffe hauste, und die Bewohner der umliegenden Dörfer oft Meilen weit wandern mußten, wenn sie seiner Hülfe bedürftig waren. Hans führte den Zug, und wurde oft gemahnt, daß er nicht so hastig schreiten sollte, weil die Alten nicht folgen könnten: aber ihn trieb sehnsuchtsvolle Liebe; und wen diese jagt, der vermag seine Schritte nicht bedächtlich zu messen.

Wie er unter den Felsen anlangte, in deren Mitte ihn einst sein Pflegvater gefunden hatte, erblickte er zwischen diesen eine kleine, hölzerne Kapelle. Am Eingange derselben stand der Schloßpfaffe von Elbogen in festlichen Ornate, und winkte ihm zum Eintritte.

Hans staunte, und wußte den Wink nicht zu deuten; aber der alte Berchtold trat hinzu und ward Erklärer. Hier fand ich dich, sprach er mit gerührter Stimme; hier sollst du dein künftiges Weib auch finden! Die zwey Steine, welche dir einst zur Wiege dienten, stützen jetzt

den kleinen Altar der Kapelle; vor diesem wird
dich der Priester mit ihr segnen; all dein Lebelang soll dirs zur Erinnerung dienen; und
wenn du, wenn deine Kinder einst früh oder
oder spät, an diesem dem Herrn geweihten Or-
te, vorüberwandeln, so sollen sie eintreten, und
ein andächtiges Ave zum Heile meiner armen
Seele bethen. Dieß war das Gelübbe, mit
welchem ich den Grundstein legte; dieß sollst du
und deine Nachkommen treu erfüllen, und es
wird dir und ihnen wohl auf Erden gehen.

Dieß war der Inhalt des Traums, fuhr
er zu sprechen fort, dessen ich oft gedachte, dieß
die wahre Ursache der längern Verzögerung deines Glücks. Ich hoffe, du wirst die Absichten
ehren, und beßwegen nicht mit mir habern. Lieb
und theuer muß dir dieser Ort seyn; lieber und
theurer wird er dir jetzt werden: es bedarf daher wohl keiner Mahnung, deine Nachkommen
fest zu binden, damit sie diese Kapelle auf immer im Baue erhalten. *)

*) Nach des Geschichtschreibers Versicherung wird
die Kapelle in der Folge, und vorzüglich durch
Hansens Nachkommenschaft, ansehnlich bereichert,
und aus ihr entstand endlich die Pfarrkirche der

Als der Greis so sprach, floßen über Hansens Wangen reichliche Thränen; die edle That
hatte sein Herz tief gerührt; er versprach ihrer
zu gebenken all sein Lebelang, und trat an der
Hand seiner Anne ein, um mit ihr auf ewig
verbunden zu werd

Lustig und munter erschallten Schallmeyen
und Pfeifen auf dem Heimzuge im festlichen Thale: die Knappen und Mägde jauchzten hinter
dem neuen Ehepaar her, und die Felsen-Echo
wiederhohlten treulich den Jubel der Fröhlichen:
aber Hans und Anne sahen und hörten nichts
von allem; ihr inneres Wonnegefühl widerstand
mächtig jedem äußern Eindrucke; noch immer
schallten die Worte des Priesters: Was Gott
zusammenfügt, soll der Mensch nicht scheiden!
in ihren Ohren, und labten sie mit der süßen
Vorstellung, daß sie nun auf immer vereint leben könnten.

Groß, und eines Edlen würdig, war das
Gelage, welches der Freyemanne Berchtold

königlichen Bergstadt Schlaggenwald, die wegen
der entdeckten und reichen Zinnbergwerke später
in dieser Gegend erbaut wurde.

seinen Gästen gab. Sie schmausten und zech-
ten bis an den Abend. Erst um diese Zeit er-
öffnete der fröhliche Greis mit der Braut an
seiner Hand den Reihen; erst in der Mitter-
nachtsstunde ward das entzückte Brautpaar nach
dem Schlafkämmerlein geleitet, und der unge-
störten Ruhe, dem Genusse reiner, ehelicher
Liebe überlassen.

Ende des ersten Theils.

Da das zu diesem Theile gehörige Kupfer, den Heilingsberg bey Karlsbad vorstellend, welches nach einer vortrefflichen Zeichnung des Herrn Angermann, 6 Zoll hoch und 10 Zoll breit, noch nicht fertig ist; so bitten wir die Leser und Käufer sich bis zur Erscheinung des zweyten Theils, welcher in einigen Wochen erfolgen wird, zu gedulden.

————